LETTRE À L'ADO QUE J'ÉTAIS

Denis Baronnet
Clémentine Beauvais
Patrick Chamoiseau
Sarah Chiche
Alex Cousseau
Joëlle Écormier
Jean-Jacques Fdida
Gary Ghislain
Valentine Goby
Julia Kerninon
Anne-Fleur Multon
Berthet One
Pomme
Maria Pourchet
Bertrand Puard
Amélie Sarn

en écho à dix-neuf voix adolescentes

LETTRE À L'ADULTE QUE JE SERAI

ISBN
978-2-02152-153-5

Responsable éditoriale
Angèle Cambournac

Fabrication
Annie-Laurie Clément

Design graphique
gr20paris

www.seuil.com

« Cette fille-là de 1958, qui est capable
à cinquante ans de distance de surgir
et de provoquer une débâcle intérieure,
a donc une présence cachée, irréductible
en moi. Si le réel, c'est ce qui agit, produit
des effets, selon la définition du dictionnaire,
cette fille n'est pas moi mais elle est réelle
en moi. Une sorte de présence réelle. »

Annie Ernaux,
Mémoire de fille

Introduction

Nous sommes des êtres issus d'un passé, des êtres en devenir, des êtres de transmission. Qu'importe notre âge, qu'importe le lieu d'où nous venons, qu'importent les identités que nous portons. En créant des espaces de rencontre, des ateliers d'écriture, le Seuil jeunesse et le Labo des histoires ont voulu mettre en relation des adultes et des jeunes aux histoires différentes, et offrir à ces derniers un espace d'expression singulier mais aussi un espace commun de partage. Chacun des sept auteurs ayant animé ces ateliers a écrit une lettre à l'adolescent qu'il était puis a accompagné deux groupes de jeunes dans l'écriture d'une lettre aux adultes qu'ils deviendront. En choisissant de publier une sélection de ces lettres, nous avons voulu refléter la diversité des publics rencontrés, donner de la visibilité aux mots que nous ont confiés ces jeunes - notamment ceux qui ont moins de familiarité avec la pratique de l'écriture, aux parcours parfois chaotiques, qu'on entend trop peu - et mettre en valeur ces voix adolescentes. S'y joignent celles d'autrices et d'auteurs qui se sont également prêtés au jeu et nous offrent une savoureuse diversité de talents littéraires. Tous ces mots sont précieux ; nous vous les confions.

Seuil Jeunesse
& Labo des histoires

Introduction

Les temps que nous venons de traverser - épidémie, crainte de la guerre - ont une influence douloureuse sur le bien-être des jeunes gens. Même si tout ce qui est raconté dans cette lettre est rigoureusement réel, ce n'est donc pas à celle que j'ai été il y a bien longtemps que j'ai écrit. C'est à l'adolescente ou l'adolescent que vous êtes, en ce moment même, que j'ai souhaité m'adresser, en revenant, par l'écriture, au plus près de sensations que je n'ai jamais oubliées mais qui sont les vôtres. Entrer dans l'adolescence, c'est entrer dans un labyrinthe dont les chemins, les impasses ou les carrefours ne ressembleront jamais à ceux qu'on avait imaginés. La fureur ou la peur d'aller vers l'âge adulte. Les journées glacées ou brûlantes. L'envie de renverser les valeurs établies ou de ne rien faire de sa vie. L'explosivité des émotions ou la timidité qui ronge. La recherche, joyeuse ou douloureuse, de l'identité sexuelle. La honte, physique ou sociale. La fierté de fragilités que l'on défend à la fois obstinément et en vain. L'envie d'être terriblement comme les autres, et de trouver ce qu'on est vraiment pour réussir, peut-être enfin, à ne ressembler qu'à soi. Je ne laisserai personne dire que l'adolescence est l'âge le plus joyeux de la vie. Mais c'est celui de bien des beautés ineffables, indicibles. Et des plus grandes épiphanies - celles qui sont silencieuses, secrètes.

Sarah Chiche

Introduction

S'écrire à soi-même, dans un sens ou dans un autre des âges, m'a tout de suite paru précieux, mais sans que je sache pourquoi. Je l'ai compris en me livrant à l'exercice. J'aurais adoré pouvoir lire aujourd'hui une lettre que je me serais adressée durant mes jeunes années. Quel bonheur ce serait de pouvoir entendre cet autre moi-même témoigner de lui et de moi en même temps, se définir et se projeter sans horizon. L'exercice pour moi fut de cet ordre. En m'adressant à l'adolescent que j'étais, je me suis retrouvé, plein d'émotion, à le déceler en moi, à mesurer dans une même sensation ce qui nous rapprochait et ce qui nous éloignait ; ce qui était « lui », ce qui était « moi », ce que nous étions ensemble mais qui pourtant nous maintenait distincts. Lui écrire revenait à me lire, à le lire en même temps, et à y ajouter quelque chose qui provenait de nous deux : un dépassement de notre « nous » bifide. Ce fut aussi une méditation sur le fleuve inarrêtable du soi, le vivre qui va, le devenir qui inaugure sans cesse ; en finale : une belle étape, à expérimenter au plus intime, pour ouvrir et poursuivre le chemin, l'imaginer, le récapituler, aller toujours plus loin, passer mais sans rien dépasser, et se réaliser encore - seule transmission possible.

Patrick
Chamoiseau

LETTRE À L'ADULTE QUE JE SERAI

LETTRE À L'ADO QUE J'ÉTAIS

LETTRE À L'ADULTE QUE JE SERAI

LETTRE À L'ADO QUE J'ÉTAIS

LETTRE À L'ADULTE QUE JE SERAI

LETTRE À L'ADO QUE J'ÉTAIS

LETTRE À L'ADULTE QUE JE SERAI

MANON AMERIO

Salut meuf.

Faut qu'on se mette au clair sur certains points.

Je te passe l'étape du j'espère que tu vas bien, *et tout ça, parce que là, franchement, j'en ai rien à foutre.*

C'était vraiment ça ton rêve ? Finir dans une baraque pourrie, seule, avec un ex-mari si inexistant que t'as même pas remarqué quand il s'est barré ?

Où est passée ton envie de travailler dans un tribunal et d'être une avocate connue et reconnue ? Tu te retrouves dans la même situation que les gens que tu jugeais. Tu sais, ces gens-là, sans emploi, sans argent et qui se laissent porter par la vie. Si je vais devenir comme ça, dis-le-moi tout de suite, que je change mon rêve, ma vision de toi.

Alors oui, soyons honnête : tu as changé, tu as vieilli, tu as des rides. Et c'est pas que des rides de vieillesse, pas à 40 ans, pas toi.

Ça n'a pas dû être facile tous les jours, je t'accorde ça.

Comment peux-tu être fière de la vie que tu mènes ? Merde ! Ressaisis-toi, quoi !

Vis par tes propres moyens pour une fois ! Travaille, gagne ton argent, achète-toi une putain de voiture qui te plaît et débarrasse-toi de ce tas de ferraille.

Vingt-cinq ans plus tard, tu nous fais vivre avec les mêmes problèmes que lorsqu'on avait 15 ans. Tu n'as toujours pas de relation stable, tu vis seule… Et ça, tu penses que c'est la vie d'une adulte de 40 ans ?

Mais je crois que j'ai capté. Tu veux être une jeune enfant, c'est ça ? Désolée de briser tes rêves, mais reviens dans la réalité, Manon. Tu n'as plus 15 ans, tu ne fais plus partie de ce monde. Ça ne devrait même pas être à moi de te rassurer.

Parce que je sais que tu peux y arriver, tu peux reprendre ta vie en main. On se connaît bien maintenant. Il y a souvent eu des moments difficiles, mais il y a toujours une solution.

S'il faut, pars, prends de l'argent à ton ex-mari. De toute façon, il ne sert plus qu'à ça et à te faire chier avec la garde de Chloé. Tu sais quoi, prends ta fille aussi et pars au Canada. Tu te souviens, c'est ça que tu voulais tant à 15 ans. Va retrouver ta sœur, excuse-toi pour ce que tu as pu lui faire et sois heureuse. Et si tu ne veux pas faire ça pour toi, fais-le au moins pour ta famille.

Je m'étais fait une idée de la future moi, une idée incroyable mais qui ne te ressemble pas du tout apparemment. J'espère que de lire ça va te faire réfléchir. J'avoue que ce n'est pas vraiment normal de se prendre des réflexions de son soi de 15 ans. Mais si ça te permet de tout changer dans ta vie, alors j'aurai au moins servi à quelque chose.

J'aimerais te dire ces choses-là en face, te rencontrer, te prendre dans mes bras, vous dire au revoir à toi et Chloé à la porte d'embarquement avant de vous regarder vous envoler pour Toronto. Mais toi et moi, on est dans la vie réelle et, entre nous, il n'y aura jamais que cette lettre.

LETTRE À L'ADO QUE J'ÉTAIS

SARAH CHICHE

Que d'années médiocres, furieuses ou grises, enfermée dans le cocon d'une couette, martyrisée par l'impression tenace d'avoir le visage d'une faute jamais rachetée. Que d'années à pleurer sans larmes le paradis toujours déjà perdu de la haute enfance tout en cherchant à fuir son rivage de toutes tes pauvres forces. Par n'importe quel moyen. À n'importe quel prix. Quelque part, un village. Dans le déclin radieux du soleil, des enfants étourdis de sommeil tournent sur eux-mêmes, bras en croix. Au bout de la grand-rue, ce bureau de tabac. C'est là que ça commence. Dans l'étrangeté des visages enrichis d'une gaieté qui t'est inconnue. Quand la fumée des cigarettes se mêle aux rires, elle fait danser dans l'air un ruban de mots que tu es peut-être la seule à voir et que tu scrutes, loin des autres, assise dans l'ombre de l'arrière-salle du bar, purgatoire de chacun de tes week-ends où, mutique, enfiévrée d'orgueil, tu griffonnes des pages par liasse et converses avec des spectres jusqu'à te dissoudre dans l'anticipation d'ébauches de phrases qui, tu le sais déjà, un jour raconteront tout cela. Tu veux tout, tout de suite. Prendre dix centimètres, perdre cinq kilos. Oublier ton spleen. La splendide impudeur des virées en boîte de nuit à l'arrière d'un scooter. Étreindre la clarté des ciels ou l'obscure complexité des êtres. Maîtriser parfaitement le grec ancien et l'application du trait d'eye-liner. Un chat. Le très très grand amour. Du gloss à paillettes. Qu'on t'embrasse enfin, garçon ou fille, qu'importe, juste quelqu'un. Que ça brûle. La vie, la vie haute. Ou la mort.

Quelque part, une chambre. Oxford ou Madrid, qu'importe. Une nuit sèche et compacte. En peu de temps tes cuisses, ta poitrine et ton nez ont pris des volumes imprévus. Tu te trouves tout à fait ridicule. Flasque à vomir tout ce trop qui fait qu'à tes yeux tu seras toujours trop peu. Il te regarde. Il dit : « Vous êtes belle. » Tu ricanes et lui conseilles de changer d'opticien. Et puis, comme tu l'as lu dans ce livre qui ne te quitte pas, tu lui demandes de te le faire. Tu veux que ça soit avec lui précisément parce qu'il n'est rien pour toi. Tu le lui dis, pour voir l'effet de ces mots-là dans ta bouche : « Je vous ai choisi parce que vous n'êtes rien pour moi. » Il ôte tes chaussures, embrasse tes pieds, te porte sur le lit. Je revois la chambre. Le sommier tressé. Le ventilateur au plafond. Le parcours du soleil sur les murs. Les draps. Nu tu le trouves beau comme un tableau de Lucian Freud, et ce grand étonnement de l'altérité de son corps contre le tien te satisfait tout à fait. Son visage pâlit, rougit, ses yeux s'ouvrent tout grands comme ceux des pendus, puis se ferment tout à fait. Tu ne saignes pas. Tu ne sens rien. Déjà tu ne vois plus la forme de grandeur triste qu'il pourrait y avoir dans ce premier amour. Car déjà, en arrière de tes yeux, ce qui s'écrit, c'est le désert, un vieux cimetière de brousse à l'entrée duquel des femmes font frire des beignets, un frère et une sœur qui jouent du violoncelle, un lac suisse et, plus au-delà encore, un peintre mort il y a des siècles. L'homme fouille ton visage, effleure ton nez, dit douloureusement : « Tu m'as menti, tu l'as déjà fait. » Tu ne réponds rien. Tu tournes la tête vers la gauche. Sur la table de chevet, la photo d'une femme. J'ai dit une femme ; pas une fille. Très belle. Tu souris. Tu regardes l'homme. Et, pour toute réponse, tu lui demandes de te le refaire, encore. Ce jour-là, puis les jours suivants. Quand tu ne le vois pas, tu sèches les cours de grammaire de ce séjour linguistique pourtant très réputé où ta famille t'a inscrite sur recommandation d'une amie qui leur a dit : « Les voyages forment la jeunesse », et, cachée dans un arbre que tu as élu meilleur ami du moment, tu lis. Tout. La Peau de chagrin *de Balzac, un essai sur les Aztèques,* Le Coffret de santal *de Charles Cros, une biographie d'Ingmar Bergman,* Tristan et Iseult, Les Diaboliques *de Barbey d'Aurevilly. À l'arrière du car qui te ramène vers la France, tu as mal au ventre et tu en tires un supplément de joie. À ta meilleure amie, tu diras simplement : « C'est fait. » Le reste n'est pas racontable. Le reste ne ressemble pas aux amours de vacances des autres filles du lycée. Le reste t'a jetée dans tout ce qui ne pourra jamais se dire que par le silence. Silence des corps qui s'emboîtent fiévreusement. Silence de la quête éperdue des mots qui font se confondre le monde du dehors et celui du dedans.*

Que d'années si lointaines qu'elles paraissent désormais aussi étrangères que ces cartes postales du temps jadis écrites par un inconnu depuis un lieu de vacances, que l'on trouve parfois dans les brocantes et que l'on examine avec une curiosité calme, avant de les reposer dans leur boîte, puis de poursuivre sa promenade. Des années pourtant où tout, absolument tout, même le pire, folie et mort au monde incluses, valait la peine de cette joie désormais mienne, et que je souhaite un jour vôtre. Cette joie, au service d'un geste, un seul, toujours le même : écrire, comme on entre dans le labyrinthe, à la recherche d'un grand secret qu'on ne résoudra jamais, écrire encore, donc, cheminer de livre en livre, ne faire que cela. La vie, la vie haute, la vie bonne, plutôt que la mort.

LETTRE À L'ADULTE QUE JE SERAI

SOULEYMANE DRAME

À toi qui as pris quelques rides et de la maturité
dois-je te rappeler que la confiance est le premier secret du succès ?
Utilise ton intelligence comme atout pour te faire remarquer.
Laisse-les te critiquer et même te jalouser.
Ta solitude pourrait te sanctionner.
Et le dernier conseil que je peux te donner :
mange la vie ou elle te mangera.

Souleymane

11/02/2022

LETTRE À L'ADO QUE J'ÉTAIS

PATRICK CHAMOISEAU

Lettre à Titique

De toi à moi – toi, mon dissemblable – un changement s'est produit. Né de l'inexorable mutation que nous impose le vivre, il fut sans trahison. Des aventures ont ouvert aux accroissements de conscience. Des réalités ordinaires se sont nouées en nouveaux horizons, phases prosaïques toujours recommencées, bien plus grossières que celles de la survie dans l'arène familiale. Par là, j'ai été expulsé de ton inaugurale condition, chassé du « grandir » sous l'enfance, éloigné des troubles d'un esprit juvénile qui s'invente des ailes, les évente, dans un corps qui mûrit.

Impossible de trahir un univers qui n'avait pas de murs. Le tien était fait de sensible. Songes perpétuels. Rêveries debout. Inquiétudes habitées. Immobilités têtues et candeur persistante. Yeux, emplis de brumes, mais qui voyaient, dans la pâte à sortilèges du jour, comme les chats dans la nuit. Cela te rendait inapte à vivre en petite personne normale, présente dans le commerce avec les autres, assumant les sociabilités impératives du monde. De fait, avant de disposer d'un port, ou même d'un navire, tu avais largué les amarres ; mais de les avoir dropées t'aplatissait au sol où il fallait malgré tout continuer à survivre, toi, albatros sans ailes, sans ciel et sans orages, vrai résidu des nuées.

Je me souviens de Man Ninotte, notre mère, qui te chassait du lit (ou d'une béatitude insane sur le toit des cuisines, là où tu fais le malin sur cette photo). Elle se désolait de voir son petit dernier échoué de cette manière en dehors de la vie, loin de l'éclat des enfants de cet âge. Elle te conseillait souvent d'aller « faire le vent passer sur toi » ! Je découvre maintenant que c'est exactement ce que tu faisais : tu prenais le vent ! *Pas le vent de l'époque, pas le vent de la jeunesse qui joue son petit rôle ; un vent sans origine, indifférent aux voiles du nécessaire, et qui n'œuvrait à rien de très manifesté, sauf peut-être aux insensibles transports du pollen sans abeilles qu'accumulaient tes solitudes.*

Ce que je suis aujourd'hui a levé de ce limon resté insaisissable. C'est pourtant lui qui signe en moi ton allogène présence. Je te vois. Tu n'avais pas choisi d'exposer tes enfances au vent-qui-vient-de-l'inconnu (un peu comme Man Ninotte, les jours de grande lessive, exposait ses grands draps aux embellies solaires). Cela relevait probablement d'une incapacité réelle à mener cette bataille du « vivre-sans-trop-savoir-pourquoi », de l'« exister-sans-encore-être ». Tu as sûrement plané dans le vortex de cette inaptitude, faisant alors de ton esprit une sorte de cerf-volant.

Ceux qui, de ton âge, sous la même exigence, avaient surgi aux yeux de tous avec la netteté triomphante des santons de Noël, bien faits, bien peints, parfaitement assurés dans leur rôle et leur destination - dont on avait deviné d'emblée les hautes capacités, le génie efficace, la réussite promise - ont fini par moins surprendre que toi, créature imprécise, semblable aux limbes des matins de décembre, ou aux évanescences des ciels bleus de sécheresse. Tu avais maintenu ainsi le fil clair d'un possible.

« Je n'ai rien de définitif », disait Kafka[01].

01 Gustav Janouch, *Conversations avec Kafka*, traduit de l'allemand et préfacé par Bernard Lortholary, Paris, Les Lettres nouvelles - Éditions Maurice Nadeau, 1977.

Ton sourire voyou sur cette photo me le glousse à présent. Tu ne m'avais pas assigné à toi. Tu n'avais pas fait de ce que tu étais un refuge qui enferme - à l'instar de notre Man Ninotte qui, lors de nos protestations contre ses lois coloniales, nous intimait « Prenez votre maison, monsieur !... », nous incitant (sans doute le cœur brisé) à grandir au plus vite pour rejoindre le monde. Toi, tu ne m'as encouragé à rien. Asséné aucune condamnation à vie.

Dès lors, today, *je te regarde sur cette photo - étranger familier, allochtone très intime, complice perpétuel maintenant inconnu - en accueillant cette distance que tu avais autorisée. Kafka se maintenait en mouvement. « Il n'y a de définitif que la souffrance ! » précisait-il. Cette expérience qu'il s'employait à vivre, de ce fait à transmettre, n'était que l'imprévisible du devenir, et donc l'aptitude à en soutenir l'éclat. Je suis rempli d'une immense émotion de te retrouver là, en moi, juste comme onde de départ, juste comme base qui diffracte. Grâce à toi, j'ai mené plusieurs vies. Une apparente, une secrète, une chimérique, une rationnelle, gardant de toi l'océan des sensitivités qui crée des continents, les déracine aussi, et la crainte à tête chercheuse toujours ouverte dans la moindre des quiétudes de la vie.*

Je fus rêveur sans territoire mais anticolonialiste fervent. Impliqué mais militant de rien comme tu le fus d'emblée. Immobile mais emporté à la curiosité, m'évertuant dans tout spectacle obligatoire à n'assumer que des rôles furtifs. Marqueur aux écritures éloigné des Belles lettres. Éducateur perplexe, juriste sans évangiles, travailleur social attentif mais distant, guerrier très pacifique… Dedans toujours, dehors tout le temps.

J'ai gardé ta sensibilité extrême à l'injustice, ton imagination reine, ton affection trop prompte, ta clé d'accès à l'esprit du poème. J'ai perdu ton petit nom en route – délicatesse tienne, d'habiter ce seul diminutif, Titique, pour ne rien figer dans la matrice du vrai prénom, me le laissant indemne, aéré et flexible. Je vois encore dessous tes yeux ces poches qu'infligent les lectures fébriles, chaotiques et gourmandes, les non-lectures aussi où la veille était vide. J'ai encore, dans ma sentimenthèque, quelques-uns de tes livres : bandes dessinées, romans policiers, espionnage, science-fiction, l'*Alice au pays des merveilles*, le *Jocelyn* de Lamartine, *La Légende des siècles* de ce monstre d'Hugo, et tant d'autres, mais je ne suis plus un lecteur aussi débraillé que toi. Je ne m'aventure plus dans tout ce qui s'écrit avec ton enthousiasme. Ton désir boulimique de savoir, de sentir, m'habite, provende inépuisable, mais sans nulle dispersion, il creuse, s'attarde, relit, initié au profond, attentif au quint de la saveur. En moi, ton aérienne autorité, vieille âme diffuse à la fraîcheur de source.

Tu m'avais affilié, sans le savoir, à « l'Ouvert » de Rilke, aux « infinis » de Baudelaire, au « Tout-monde » de Glissant, à « l'habitation poétique de la terre » dont rêvait Hölderlin… Tu vivais à la chimère, pas seulement par les rêveries de ton esprit, alchimies cognitives, mais aussi par ton corps nourri comme un jeune animal aux images *sensations émotions... C'était ton boire et ton manger. C'est avec cela, gardé intact, que je peux sans effort te retrouver en moi. Tu avais compris que le sensible constituait la base de nos idées, de notre compréhension, de nos intelligences, donc de nos créations. Que l'imagination n'ordonnait pas au monde, qu'elle était tout simplement le monde. Tu savais, Titique, ce que je suis maintenant.*

Patrick Chamoiseau

Favorite, 23 mars 2022

LETTRE À L'ADULTE QUE JE SERAI

AMBRE.CAMBIER

L'aube du temps proche, la cime des monts
infranchissable, le vent proclame la déchéance.
Le temps vagabonde sur les rails du vent,
la tempête hurle des paroles absconses
dans le creux de mon esprit, couvre mon âme
de brouillard.
Le tintement d'une sonnette fait vibrer
le fil de la Parque.
Les graines se plantent dans le jardin factice
de mon esprit où tout est bondé d'émerveillement
cependant, l'écho du miroir me renvoie
une image blafarde.
Ces germes ternissent à la blancheur d'ivoire
dévorant mon esprit ridé.
Les pleurs se changent en gelée blanche,
ils courent abreuver ces mauvaises herbes.
La neige parvient au mont, je la regarde se poser
sur les corolles de mes fleurs maussades ;
la neige est un éclat de la poésie hivernale.
Les jolies plantes abandonnent mon esprit
stérile dans les abysses qui m'accueillent
avec leur sourire fabriqué.

– Oh... suis-je encore là ? Suis-je moi qui écris ?
Je ne sais pas.
– Le temps est-il présent ?
Non, je ne pense pas, il fuit dans les limbes !
Un papillon noir voltige et me saupoudre
de ses cendres d'étoiles.
J'apprécie cette obscurité, cependant
des lucioles remplissent ce terrain,
elles égarent une lumière qui reflète la clarté.
Mon regard se métamorphose,
ces mauvaises herbes sont en réalité
les edelweiss ; j'élève en secret mes filles.
Je suis en haut,
je les contemple,
j'écris.

Ambre.Cambier

LETTRE COLLECTIVE

si je te croise une nuit sous la pluie je serai immobile pendant quelques minutes pourquoi ? parce que je serai en train d'admirer ce que je suis devenue dans dix ans si je te croise dans un lieu cher à nous avec les étoiles et aussi la lune qui est pleine pour nous éclairer et faire de cette rencontre un moment inoubliable si je te croise une nuit pendant une paralysie du sommeil c'est que je rêve de toi si je te croise après une soirée bien longue et fatigante assise sur un banc en haut d'une colline où je me suis isolée pour fumer un joint en regardant la vue incroyable sur toute la ville éclairée par les centaines de lampadaires qui longent les routes la lune qui illumine légèrement les arbres qui m'entourent et les milliers d'étoiles dans le ciel si je te croise ce soir assis au bord de cette piscine débordante si je te croise dans un jeu vidéo toi qui me ressembles trop ta façon de regarder ton comportement ta beauté je serai fier de toi et je continuerai à jouer juste pour te voir si je te croise après la perte de cette personne qui m'est si chère je viendrai m'asseoir à tes côtés

si je te croise

je te reconnaîtrai à ta petite taille je saurai que c'est toi à ta belle voix je te reconnaîtrai à ta tache d'envie ou même à ta cicatrice sous les sourcils tu me reconnaîtras à ma façon de tourner la tête quatre fois de suite je te reconnaîtrai à tes taches de rousseur et à ce signe que tu as sur la jambe gauche tu me reconnaîtras à mes oreilles pointues et à mes taches de rousseur je te reconnaîtrai à ton grain de beauté au coin de la bouche toi tu me reconnaîtras à mon rire plein de joie de vivre je te reconnaîtrai à tes points de beauté qui ajoutent une particularité à ton visage tu me reconnaîtras à ma façon de marcher je te reconnaîtrai à tes petits yeux bridés tu me reconnaîtras à ma petite dent de travers je te reconnaîtrai grâce à notre collier d'amitié ou à notre façon identique de parler notre langage créé rien que pour nous je saurai que c'est toi et toi tu me reconnaîtras grâce au tatouage de ton prénom sur mon bras gauche je te reconnaîtrai à mon nez tu me reconnaîtras à mon style vestimentaire avec mes complets Nike je te reconnaîtrai à ton sourire à tes yeux tombants à ta façon de parler d'une manière enjouée tu sauras que c'est moi parce que tu reconnaîtras l'enfant que tu étais

on se reconnaîtra

je te dirai bonsoir toi salut moi d'après *et toi tu me diras* salut moi d'avant *je te dirai* bonjour Mel ça fait longtemps qu'on s'était pas vus *et toi tu me diras* toi aussi tu dates *quand je te verrai je t'appellerai par ton surnom Ti Piment je te demanderai si tu vas bien et comment ça se fait que tu aies atterri ici je te dirai* coucou minimoys *et tu me diras* coucou mini-moi *je te dirai* salut Nanoune *tu me diras* bonjour petit papillon *je te dirai* bonsoir Séréna comment ça va tu as tellement changé *et toi tu me diras* bonsoir Léa oui ça va bien *je te dirais* wesh le sang *et toi tu me diras* salut mon frère

on se dira

je serai content de te revoir après tant d'années tu seras ravi de me revoir je serai ému de la situation actuelle choqué peut-être et heureux je serai surprise et à la fois heureuse de te voir tu seras contente de me voir tu seras émue de voir que tu as réussi à accomplir les promesses que je m'étais faites je serai curieuse de voir ce que tu es devenue ou ce que tu as accompli et heureuse que tu m'accompagnes dans ce moment précis tu seras surprise de ma venue tu seras choquée de notre rencontre et tu te rappelleras les bons souvenirs qu'on a eus ici tu seras fier et heureux à la fois nostalgique car le temps passe si vite je serai surpris de voir ton évolution je serai époustouflé de me voir plus vieux tu seras ému de te revoir plus jeune je serai timide car je ne pensais pas te voir un jour et tu seras joyeux parce que je vais changer on sera

nous serons dans ma chambre et nous discuterons de la manière dont tu es arrivée et de mon avenir nous irons nous promener au parc nous nous raconterons des anecdotes nous irons dans l'un des endroits que nous aimons le plus manger nos trucs préférés et nous parlerons de tout et de n'importe quoi sans gêne sans rien ni personne pour nous déranger nous irons nous asseoir sous cet arbre les jambes croisées en fermant les yeux et en écoutant le chant des oiseaux nous nous ferons un câlin et nous irons boire un thé et manger un cookie nous nous regarderons dans les yeux nous nous prendrons dans les bras et je te dirai de t'asseoir avec moi sur le banc nous regarderons les étoiles et nos yeux brilleront de mille feux tu m'inviteras à m'asseoir à tes côtés au bord de la piscine et tu me tiendras l'épaule nous serons chez moi en train de jouer à FIFA nous irons manger notre plat préféré dans notre cabane d'enfance

nous irons

c'est sûr je te demanderai est-ce que la vie est mieux maintenant? *tu me diras qu'il y a toujours des hauts et des bas mais qu'avant tu ne savais pas voir les belles choses que la vie te donnait je te demanderai* comment ça se passe? *et si c'est pas très compliqué la vie du futur tu me diras que la vie est mieux dans le futur et moins stressante c'est sûr je te dirai de me raconter ta vie et je te demanderai ce qui se passe et j'espère que t'es restée toi-même et que t'as eu confiance en toi je te demanderai si je suis toujours avec mon premier amour* est-ce que j'ai toujours le même sexe ? est-ce que je suis toujours l'enfant timide et pas sociable ? est-ce que j'ai réussi mon rêve de photographe pro ? est-ce que dans la famille tout va bien ? suis-je bien comme je suis ? *je te dirai que tu as pas mal changé physiquement je poserai beaucoup de questions sur mon avenir tu me diras que je n'ai pas changé et que je suis toujours aussi têtue tu me diras* profite de ta jeunesse *c'est sûr je te dirais* est-ce que tu as fondé une famille ? est-ce que tu es heureuse ? *et* est-ce que tu as changé ma manière de voir les choses ? *tu me diras* est-ce que tu es heureuse ? comment ça se passe avec la famille ? *et* est-ce que tu as quelque chose en tête pour plus tard ? *et on parlera pendant des heures c'est sûr je te dirai* as-tu rendu fière maman ? es-tu heureux ? *et toi tu me diras* comment tu te sens ? souffres-tu encore ? *c'est sûr je te dirai* comment vas-tu ? *je te demanderai* comment est ma vie ? qu'est-ce qui a changé ? *je voudrai savoir quelles sont mes conditions de vie argent famille et toi tu me demanderas de garder précieusement tout ce que j'ai qualités amis c'est sûr que je te dirai* où tu étais passé pendant tout ce temps-là ? *et toi tu me diras* donne-moi toutes tes cordonnées tes contacts et tout

on se dira

avant de se quitter on fera un petit câlin on se dira on s'appelle *on se dira adieu et à dans dix ans on se fera notre meilleur check avant de partir et on se promettra de changer pour notre meilleur futur avant de se quitter on mangera un bon bol de nouilles je te dirai* j'espère te revoir dans de meilleures conditions *tu me promettras de revenir et de rester plus longtemps la prochaine fois on se souhaitera le meilleur si on ne se retrouve pas on se cajolera et on se dira merci d'être nous-mêmes et de croire en nous avant de se quitter je te prendrai une paire de baskets du futur comme ça je pourrai la revendre plus cher dans le passé on se dira au revoir et on se donnera un bracelet en lien pour se rappeler ce moment incroyable avant de te quitter je te dirai* continue d'évoluer et de te battre *et toi tu me diras* croque la vie à pleines dents *et* arrête de te soucier des autres *je te regarderai avec les larmes aux yeux et je te prendrai dans mes bras et tu feras de même et je te chuchoterai à l'oreille* je t'aime *avant de se quitter on fera notre check d'enfance après tu me diras* je t'appellerai toujours mon frère *je serai très triste de laisser ma propre personne tu me serreras fort dans tes bras et tes larmes couleront le long de tes joues et moi de même mais je sais que je laisserai une femme forte et courageuse je te regarderai t'éloigner petit à petit et disparaître entre les bois qui nous entourent*

et on se quittera

Isaac Abdou, Amélie Arzac, Léa Boyer,
Chloé Brasse-Robert, Loana Furia,
Ilona Lenclume, Julien Marionette
et Marie-Lee Martin, Fayam Omar Zirari

LETTRE À L'ADO QUE J'ÉTAIS

DENIS BARONNET

De :	Denis Baronnet 1 ter, boulevard Jean-Baptiste Lebas 59 000 Lille	À :	Denis Baronnet 47, avenue Gastellier 77 120 Coulommiers
	15 décembre 2021		Mai 1980

Cher moi,

Je suis toi, mais le « toi » du futur, le vieux « toi » qui a 55 ans au moment où il t'écrit.

Putain, 55 ans, t'imagines ?

Aujourd'hui, tu vas bien et même très bien. Tu écris des livres pour les enfants, ce qui est une manière de rester jeune et tu t'amuses beaucoup. Tu vis à Lille avec ton fils Elias et ta compagne Delphine. Elias vient d'entrer en seconde. Il a donc à peu près l'âge que tu as en 1980, si toutefois ce courrier arrive à la bonne date. C'est formidable, quand même, ce nouveau service quantique de la poste qui permet d'envoyer des courriers dans le passé. J'ai (tu as, nous avons) également une grande fille qui a 31 ans aujourd'hui, Eva, que j'ai eue (que tu auras) jeune, donc, à 24 ans.

Je pense que tu vas d'abord croire que cette lettre est un canular. Voici donc quelques petits secrets connus de moi (toi) seul :

- *Quand tu étais petit à Vouneuil, tu avais créé un personnage de « génie » qui te permettait d'aller plus vite à vélo et tu as plusieurs fois été étonné de constater que ça avait l'air de marcher.*
- *Plus tard à Coulommiers, en CE2, il t'est arrivé un matin de partir à l'école une heure à l'avance parce que tu avais trop peur tout seul à la maison à cause du livre que tu lisais (une histoire de fantôme de pirate phosphorescent). Tu es resté à lire, assis sur le perron de l'établissement jusqu'à l'ouverture des portes.*

Personne d'autre que moi ne peut connaître ces anecdotes. Elles sont le sceau qui atteste sans conteste que c'est bien toi-même qui t'écris, à quarante années de distance.

Si ce courrier arrive à la bonne date, tu viens d'avoir ton terrible accident de mobylette. Tu as percuté une 4L fourgonnette des PTT qui t'a arraché le visage. Après six heures d'opération par un ponte de la chirurgie esthétique et dix jours d'hôpital, tu es rentré chez toi, raccommodé. Tu t'es fait démolir mais tu t'en sors bien, avec une longue cicatrice qui barre ta belle gueule et qui lui donne du charme. Tu as eu beaucoup de chance. Tu aurais pu mourir.

Tu as retrouvé ta vie, sous le soleil printanier de Coulommiers et ta petite bande : David, Christophe, Ivan, Anne, Laurette et la douce Isabelle Villa, avec qui tu sors et qui te trouve toujours à son goût, même avec ta cicatrice.

J'ai choisi de t'écrire à cette date, parce qu'elle marque de manière fracassante ta sortie de l'enfance, cher moi, et le début d'une longue période de souffrance, d'angoisses et de désertions variées (qui sera agrémentée de moments joyeux, je te rassure). J'aimerais avec ces quelques mots te souhaiter du courage pour traverser tout ça. Tu n'es pas armé pour ce monde. Et cette balafre que tu vas porter crânement, comme un trophée arraché à la mort, ne fait pas de toi un pirate. Tu n'es qu'un mousse terrorisé qui se donne des airs de trompe-la-mort. Tu n'es qu'un enfant sans père. Et de faire comme si c'était pas grave n'y changera rien. Tu vas en chier et la peur sera ton mauvais génie mais, au bout du compte, tu finiras par trouver ton chemin et la force de percer le secret de ta naissance.

En 2013, tu vas retrouver ton père. Et je peux te dire que ça fait du bien de découvrir qu'on n'est pas l'enfant Jésus, juste un enfant né hors mariage, le fruit d'un banal adultère et qu'on a un père, autosatisfait et ombrageux, comme les autres ! C'est un drôle de type, pas vraiment notre genre mais pas inintéressant, tu verras, un aventurier, un pilote d'hélico qui a travaillé pour une compagnie pétrolière anglaise aux quatre coins du monde (Iran, Papouasie, Thaïlande, etc.), mais je n'en dis pas plus, sinon ce ne sera plus la surprise. Ce que je peux te dire, quand même, c'est que ce n'est pas de son côté qu'il faut chercher les gènes de notre formidable sens de l'humour ni de notre appétence pour la littérature.

Mon (ton) fils Elias a 15 ans, comme toi, et il vient de basculer dans l'adolescence, comme toi. Il faut sans cesse le mettre au travail, sans cesse, c'est fatigant mais indispensable, sinon, il ne fait rien. Il y a quelques jours, nous avons eu une conversation. Il était assez inquiet de constater son manque d'entrain à prendre en charge son avenir et il m'a dit avec des sanglots dans la voix: « Je crois que je m'en bats les couilles de tout, papa ! » Ça m'a rappelé quelqu'un mais, surtout, j'ai réalisé que c'est en fait assez naturel pour un adolescent de « s'en battre les couilles de tout » et que c'est l'autorité bienveillante et le cadre amené par les parents qui permet à l'adolescent de sortir par le haut, ou en tout cas en limitant les dégâts, de cette période joyeusement nihiliste où on envoie tout balader. Et toi, ce cadre, tu ne l'auras pas parce que maman, qui a bien des qualités, n'osera pas t'affronter, ni te remettre les pendules à l'heure. Et ton père, plus qu'absent, carrément effacé du tableau, ne sera pas là, pas encore, pour légitimer ta place dans ce monde. Il va falloir que tu te débrouilles tout seul, cher moi, hors du cadre, par des chemins tortueux, libre en somme, artiste ! Vas-y ! Fais-les, toutes ces folies !

Quant à moi, je t'attends et je t'aime.

TOI (MOI)

LETTRE À L'ADULTE QUE JE SERAI

EGOPHOBIE.

Je suis toi.

Pourtant, toi, tu n'es pas moi. Tu ne l'es plus.

Je suis mort ; cependant, tu vis. Tu en as de la chance : je n'ai jamais été veinard, moi.

J'ai été brisé, détruit, déchiré. J'ai explosé en des millions de cendres, flocons flottant doucement vers le sol ; une chute certaine, si belle pour ceux qui la voient, mais si douloureuse pour ceux qui la vivent, se désagrègent, et meurent. Mais ma réelle chute aurait pu être destructrice pour les autres, comme elle l'a été pour moi. J'ai tout détruit sur mon passage.

Je me suis détruit.

Ces voix dans ma tête m'ont amené vers cette mort cruellement lente et funeste, vers cette fin inévitable. Mais notre amie la Faucheuse a décidé que ce n'était pas mon heure, ni la tienne. Ce n'était pas notre heure. Nous méritions mieux que ça.

Alors, après les flocons de neige de cet hiver interminable présent dans notre âme, notre camarade et nous, nous sommes accordés. Nous avons décidé qu'il valait mieux que tu laisses place à cette douce chaleur printanière, que tu la laisses entrer dans notre cœur. Et c'est ce que tu as réussi à faire. Enfin, je crois que c'est ce que tu as réussi à faire, tu as réussi à faire taire ces voix qui nous faisaient tant souffrir ; après tout, tu ne lirais pas cette lettre, sinon.

Alors, tels les romantiques bourgeons d'avril, tu as éclos ; tu as laissé ton cœur et ton âme s'ouvrir. Tu t'es ouvert à l'amour, à la confiance, à la beauté du monde et, surtout, au bonheur.

Tu scintilles maintenant, je le sais car la Lune me l'a dit. Tu te souviens comment je lui parlais ? Comme je la trouvais belle ? Comme j'en étais amoureux ? On lui parlait tous les soirs, elle était notre plus proche confidente. Et elle l'est encore.

Elle m'a aussi dit qu'elle était presque jalouse de toi, de ta progression. Tu n'es plus victime de ce monde, tu n'es plus spectateur. Tu n'es plus comme elle, avec ce regard si passif sur l'univers. Tu es si proche d'elle, pourtant, tu es si différent maintenant.

Je suis fier de toi, de nous. Je suis si fier de ce que nous avons accompli. Nous avons enfin réussi à vivre.

Tu aimes comme je n'ai jamais su aimer.
Tu m'aimes plus que je n'ai su m'aimer.
Tu nous aimes.

Alors merci à toi, merci à moi. Merci à nous.

Merci de ne pas m'oublier, et de comprendre que même si tu as eu un passé difficile, tu ne fais plus les mêmes erreurs que moi.

Merci de toujours te relever et de ne plus nous laisser tomber.

Merci de vivre.

Merci.

Egophobie.

LETTRE À L'ADO QUE J'ÉTAIS

CLÉMENTINE BEAUVAIS

Chères moi,

J'ai bien reçu votre lettre commune. Je l'ai étudiée avec attention.

J'ai pris connaissance de vos revendications.

J'ai attendu, pour y répondre, un mois, un moi *(cette blague de daron vous fait-elle rire ?), car je ne savais pas trop quoi vous écrire. Mettez-vous à ma place, pour une fois. Ce n'est pas souvent qu'on reçoit une lettre d'une de ses moi ; et encore moins de huit d'entre elles ! Mes très chères moi de 11, 12, 13, 14, 15, 16, 17 et 18 ans, réconciliées pour l'occasion. Quelle émotion ! Sauf que je suis un peu vexée. Toutes à se plaindre, à lar-moy-er, pas un remerciement, à peine un compliment par-ci par-là. Moi qui ai tant travaillé à votre futur !*

Moi qui ai tout donné pour que vous atterrissiez sur de bonnes bases.

Je vous trouve dures.

Franchement, ça aurait pu être pire.

Ne me faites pas croire que vous n'avez que de mauvais *souvenirs de l'avenir.*

Moi de 11 ans, le plus chou des reproches : « Tu n'as même pas de chat, qu'est-ce qu'une vie sans chat ? » Petite-Moi, figure-toi que tous les amoureux que j'ai attrapés dans ma vie ont été allergiques aux chats. C'est ma plus grande tragédie. Donc je n'ai pas de chat car je ne veux pas d'un amoureux qui se mouche du matin au soir. C'est juste pas sexy. Oui, j'ai trahi. Sur ce sujet-là, j'ai choisi l'amour.

Ce qui devrait réjouir Moi de 13 ans, la plus puritaine des plaintives : « Tu as eu plus d'un amour dans ta vie ! » Moyenne-Moi, crois-moi, si tous mes échecs étaient à refaire, je les referais. Je recroirais pareil que chaque amour était le bon ; que chaque rupture était la pire : je revivrais tous ces espoirs et ces naufrages avec le sourire. Tu comprendras quand tu seras plus...

... Aïe, zut, comme le fait remarquer Moi de 17 ans : « Maintenant tu dis tout le temps aux enfants tu comprendras quand tu seras plus grand ! *» Oui, Grande-Moi, je sais - qu'est-ce que ça m'exaspérait, cette phrase-là, quand j'étais toi. Mais vieillir, c'est devenir la Grande Machine à Expériences Passées. On ne sert plus à grand-chose d'autre qu'à témoigner. Et puis, après tout, c'est vous toutes qui m'avez fabriqué des raisons de dire* tu comprendras plus tard...

Moi de 12 ans, Moi-Super-Peste, ta liste de Choses Qui Vont Pas Dans Ta Vie (10 pages, sérieusement ? Tu étais aussi insupportable que ça ?) m'a fait me demander comment j'ai pu devenir l'Adulte Équilibrée que je suis avec un tel départ dans la vie. Tu voulais douze enfants, vivre dans une ferme, devenir institutrice, écrire de grandes sagas, porter des salopettes roses toute ta vie, et surtout, je cite, « manger très souvent de la pâte à gâteau pas cuite ». Moi de 12 ans, je te jure que les salopettes ne me vont plus du tout. J'ai grandi, depuis toi, et ensalopettée on dirait un clown. La ferme, c'est pas un lieu de vie, c'est un métier ; l'école primaire, les gouvernements l'ont cassée ; et les grandes sagas, ça m'inspire plus, je préfère ce qui se passe dans le monde réel. C'est comme ça, j'ai évolué.

La pâte à gâteau crue, je peux pas t'expliquer. C'est peut-être le plus grand de tous les mystères. Quand on est petit, on veut vider tout le saladier et on n'a pas le droit. Quand on est grand, on a le droit, mais plus qu'une idée en tête : la racler bien proprement dans le plat à four avec une spatule en silicone. Ne plus manger la pâte à gâteau crue, c'est la seule vraie définition de vieillir que je connaisse.

Les douze enfants, on en reparlera quand tes parties intimes en auront déjà catapulté un de l'autre côté de la chambre d'hôpital. Tant qu'on est sur le sujet, j'en profite pour me débarrasser de la récrimination de Moi de 14 ans, Pire-Moi : non, en effet, je n'ai pas appelé mon enfant Hermione.

C'était un prénom à la con.

Et de toute façon, c'est un garçon.

Je me permets de signaler que Moi de 15 ans, Meilleur-Moi, sage et enjouée, est la seule à ne pas râler. Elle me félicite d'être son avenir rêvé.

Bon, d'accord, Moi de 16 ans, l'année d'après, et Moi de 14 ans, l'année d'avant (Pires-Moi ex-aequo), m'indiquent en majuscules que MOI DE 15 ANS EST UNE SALE FAYOTTE TROP FACILEMENT INFLUENCÉE PAR DES PROMESSES DE VIE IMPARFAITE.

Mais qu'aurait été la vie parfaite, Moi de 16 ans ? Tu sembles n'en avoir qu'une vague idée. Voyages, amis, amour, travail, reconnaissance, beaucoup de bonheurs justifiés par juste assez de turbulences. Il me semble que j'ai fait tout cela. Peut-être pas comme tu voulais. Mais ce serait quoi ? Piscine chauffée dans mon salon ? Prix Goncourt ? Vacances au Guatemala ? Rien ne scintille plus pour moi dans ces mots-là. Est-ce une perte, est-ce une victoire ? En tout cas je n'ai plus les mêmes espoirs. Tu comprendras quand… argh, pardon, Moi de 17 ans.

Et enfin, Moi de 18 ans, Plus-Proche-de-Moi, ton reproche est étrange, un peu contre-intuitif. « Tu n'as plus peur, dis-tu, tu as oublié la peur. » Peur des rues, peur de l'avenir, peur de l'avion, peur des regards, peur de l'avenir, peur de l'eau, peur de la maladie, peur du corps, peur des peaux, peur de la honte et peur de l'avenir. Surtout peur de l'avenir. « Tu as perdu la peur de l'avenir », me grondes-tu, comme si c'était un crime…

Moi de 18 ans, je crois savoir ce que tu veux dire. J'ai laissé quelque part dans tous vos Moi les plus sombres peurs éparpillées – et vous avez peur que j'oublie qu'elles ont existé. Peut-être que j'en donne l'impression ; peut-être que parfois c'est vraiment le cas. Mais ne vous inquiétez pas, votre lettre me les rappelle, ces doutes, ces craintes, ces incertitudes-là. Je me souviens comme elles me maintenaient éveillée. Combien elles m'ont formée. Elles sont toujours là comme des fantômes, au creux de chacune d'entre vous, et chacune d'entre vous est à l'intérieur de moi - avec ses peurs et ses joies, jamais tout à fait dépassées.

Aujourd'hui encore, vous me maintenez éveillée.

Amicalement,

Votre Vieille-Moi

LETTRE À L'ADULTE QUE JE SERAI

RICO

Il est tard dans la nuit, il pleut dehors et je dors.

Dans mon sommeil, qui normalement devrait contenir des PUTAINS de cauchemars, un rêve étrange me parvient.

Je me retrouve dans une salle dégueulasse, décorée avec mauvais goût.

Enfin bref, j'aime pas.

Je remarque que je suis assise en face à face avec une personne.

Elle fait la même taille que moi et son visage ressemble exactement au mien.

Putain j'ai compris ! Cette connasse a volé mon visage !

Je touche mon nez par réflexe et je constate qu'il est encore là.

Tout à coup, la femme inconnue me sourit et, avec un air des plus décontractés, me lance un « Bonjour, chère moi ».

Je la regarde, pleine d'incompréhension et fais, je pense, la tête la plus pourrie du monde.

– T'es qui ?

Elle soupire, visiblement exaspérée.

– Je suis toi. T'es conne ou tu le fais exprès ?

Après ces mots, bizarrement, je me trouve un peu stupide en effet.

– Donc tu es Rico de 40 ans ?

– J'ai 30 ans, t'emballe pas, même si je sais que mes cernes sont plus longs que la chute du Niagara. Tu remercieras notre jeu préféré pour ça.

Je souris, elle soupire.

– Tu veux du thé ?

Je la fixe bizarrement.

– Du thé ? Où est ce que tu vois du thé ?

Elle me lance un regard blasé et m'en sert une tasse sortie de nulle part.

Le décor a totalement changé. Nous sommes transportées dans un jardin étrange, un vaste cercle d'herbe élevé dans le ciel, surplombé par un arbre.

Tout à coup, je comprends exactement où on est.

– On est à l'intérieur de ma tête.

Elle me met deux sucres, touille avec une jolie cuillère et me passe ma tasse.

– Je sais, Rico. C'est l'intérieur de ma tête aussi. Après toutes ces années, il n'a pas du tout changé.

Elle pose sa tasse de thé sur la table avant de grimper à l'arbre. Je la regarde faire. Elle est encore agile comme un chat pour une vieille personne.

Elle me fait les gros yeux.

– Alors, tu viens ?

Une fois qu'on est toutes les deux montées tout en haut de l'arbre, on s'assied face à face et elle sort un paquet de cartes de tarot.

– On tire les cartes ?

Elle n'attend pas ma réponse. Elle fait une grimace puis donne son énergie aux cartes. Elle a l'air un peu idiote sur le moment, donc je ris.

Tirer les cartes, c'est une activité que je faisais avec maman parce qu'on pensait que ça marchait.

Je pioche les trois cartes qui m'attirent le plus et les mets devant moi.

Normalement, lors d'un tarot, on a des cartes comme le diable, la lune, ou la mort. Mais sur celles-ci, alors que je les tourne, je ne découvre que moi.

Une Rico de 8 ans pour le passé. Une Rico de 15 ans pour le présent. Et celle de 30 ans pour le futur. C'est étrange, mais alors que je tournais les cartes, une gamine est apparue sur les genoux de la vieille moi.

Je la reconnais instantanément. C'est Rico de 8 ans. Celle sur la carte du tarot. D'ailleurs, elle la prend dans sa main et me dit :

– *À mon âge, on allait mal. Les copines allaient et partaient et les parents se disputaient même une fois séparés. Ça nous faisait pleurer.*

Rico de 30 ans me fixe du regard et m'invite à prendre la carte du présent, ce que je fais avant de parler à mon tour.

– *De mes jours, la vie va… Elle fait son chemin. Je m'accepte mais j'ai des lacunes.*

Pour finir, la plus âgée de nous trois prend sa carte et me regarde.

– *À 30 ans on vit la vie qu'on veut. On n'a pas beaucoup changé, on se tient à nos valeurs. On vit pour nous tout en aidant les autres. On travaille dans les jeux vidéo mais on écrit des livres en parallèle, ce qui nourrit notre imagination. On est libre.*

Je soupire, comme si un poids s'enlevait de mes épaules.

Au bout d'un moment, après de brefs échanges bizarrement tendres et bienveillants, on descend de l'arbre. J'arrive la première dans le vaste jardin et me rends compte que les deux autres ont disparu. Je vais me réveiller, je le sens. J'ai tout juste le temps d'attraper la cuillère à côté de la tasse de thé retrouvée et de graver dans l'arbre « Je serai libre, moi aussi. Soyons bizarres comme on l'aime. » Puis mon réveil sonne, et je me lève, encore sous le choc de cette rencontre avec les deux autres Rico de mon rêve.

LETTRE À L'ADO QUE J'ÉTAIS

ALEX COUSSEAU

On me propose de t'écrire, à toi l'ado que j'ai été. Très bien, l'idée m'intéresse. Mais à quelle adresse ? On ne m'a communiqué aucune adresse. Tu habites où, jeune homme, depuis tout ce temps ?

Coïncidence, je t'écris sans savoir moi-même où j'habite. Je déménage bientôt. Je t'écris entre deux maisons, à l'abri dans une bibliothèque, en me disant que c'est un endroit parfait pour se parler, toi et moi. Parmi les livres.

Toi l'adolescent, tu écrivais régulièrement à un ami que j'ai perdu de vue depuis. Lui et toi vous étiez comme des frères. Vous avez vécu des moments inoubliables. La preuve, je n'en ai oublié aucun. Vous avez voyagé ensemble, à pied et à vélo. Vous avez vu les mêmes films, écouté les mêmes musiques, lu les mêmes livres. Et puis vous avez écrit. Vous avez appris à écrire ensemble. Des textes courts, récits ou poèmes sous influence, que vous écriviez en sachant que l'autre allait les lire. Ces textes, vous ne saviez jamais comment les appeler. Littérature ? Le mot vous semblait trop prétentieux, alors vous en avez choisi un autre : mouscaille.

« De la merde », dit le dictionnaire. Ou encore : « De la neige fondue, un épais brouillard. » Voilà ce dans quoi vous avez mis les mains, cet ami et toi, pendant vos années d'adolescence. Vous avez gribouillé chacun de votre côté, avant de vous lire l'un l'autre, puis de vous écrire de longues lettres pour échanger vos impressions.

En faisant mes cartons pour préparer mon déménagement, j'ai retrouvé des traces de cette correspondance au fond d'un placard. Une centaine de lettres, toutes de l'ami en question. L'autre moitié (les tiennes) sont peut-être encore avec lui. Ou pas. En tout cas, ces mots m'ont donné le vertige. Je me suis demandé si aujourd'hui encore ils s'adressaient à moi.

Vois-tu, je fais partie de ceux qui croient qu'une fois adulte l'enfant qu'on a été ne disparaît pas. Et l'adolescent non plus, évidemment. L'un et l'autre sont toujours présents, quelque part en nous, je ne sais pas trop bien où. Dans notre dedans. C'est comme une graine, un grain de folie, un noyau autour duquel l'adulte s'est développé. Cet enfant, cet ado, cet être en devenir que l'on a été nous accompagne pour la vie. Même endormi, il peut se réveiller à tout instant.

Et c'est précisément cet instant que tu as choisi pour te réveiller. J'étais en train de parcourir les lettres de l'ami, j'étais en train de feuilleter ce qu'il reste de cette mouscaille écrite il y a trente ans, et tu as vibré. Tu as vibré en moi comme un téléphone que j'aurais avalé il y a trente ans. Comme si quelqu'un venait de m'appeler.

C'est peut-être l'ami, je me suis dit. Ou alors c'est toi. Ou alors c'est moi.

À vrai dire, ce n'était pas la première fois que tu me faisais signe. J'imagine que c'est pour tout le monde pareil. Celui qu'on a été se confronte de temps en temps à celui que l'on devient. Entre les deux se creuse un fossé que les souvenirs ne parviendront jamais à combler. Mais ce que je voulais te dire, c'est que ces moments où tu resurgis (par exemple, quand je te déçois, ou quand je t'ennuie profondément) sont toujours les bienvenus. Ce sont de petits instants où je me permets de régresser. Je fais l'enfant. Je replonge dans l'adolescence comme du plongeoir olympique. Sans chercher la grâce d'une figure acrobatique, non, tout au contraire. Je me jette à l'eau genoux fléchis et menton relevé, pour faire la bombe, la bombe parfaite, et éclabousser le maximum de baigneurs autour de la piscine. Dans ces trop courtes minutes, tu as peut-être remarqué que certains adultes nous dévisagent avec un air de pitié. « Non mais, il a quel âge, celui-là ? »

Écoute, cette histoire de piscine me donne une idée. Je sais que tu n'as jamais aimé la piscine. Moi non plus. Mais tu as toujours adoré nager. Moi aussi. Alors pourquoi ne pas se donner rendez-vous sur la plage ? Tu t'es toujours promis de vivre un jour au bord de l'océan. J'ai hérité de cette promesse. La maison où je déménage bientôt est face à l'île d'Ouessant. On pourrait s'y retrouver, toi et moi. Et nager. Parce que c'est pur plaisir de flotter ensemble. Peu importent mes souvenirs, peu importe ton avenir, nous sommes reliés par un éternel présent. Un présent où je m'efforce de ne pas te trahir, et où j'espère que tu ne passes pas trop de temps à me haïr.

À bientôt.
N'oublie pas ton maillot de bain.

P.S. : Tiens, j'en profite pour te donner des nouvelles de tes parents (qui continuent d'être les miens) : ils sont devenus grands-parents. Sinon, rien ne change. Tout change. Chacun transporte avec soi de plus en plus de fantômes et s'arrondit. Les vagues de la vie nous érodent, et le caillou anguleux que tu étais est devenu le galet que je suis.

LETTRE À L'ADULTE QUE JE SERAI

KELLY

Si je suis toujours de ce monde, j'aimerais être éducatrice spécialisée pour aider les jeunes dans leur vie quotidienne ainsi que professionnelle. Je pense que, pour faire ce métier, il faut savoir écouter et être stable à l'extérieur de soi, ce que je ne suis pas en ce moment. Concernant ma vie personnelle : j'espère que tu seras toujours avec Hugo et que tu auras construit une famille. Les problèmes que tu avais auparavant sont du passé, tu as réussi à combattre tout cela, même si alors tu n'avais plus d'espoir en voyant le temps défiler devant tes yeux. Si tu lis cette lettre dans quelques années, c'est que tu es arrivée là où tu voulais et que tu n'as pas abandonné, et pas perdu espoir en t'enlevant la vie.

LETTRE À L'ADO QUE J'ÉTAIS

JOËLLE ÉCORMIER

Mon petit Zoé,

Les gens qui liront cette lettre ne comprendront pas pourquoi Zoé, toi tu sauras. Tu sais qui t'appelle de cette manière si affectueuse, en mariant avec tendresse masculin et féminin. Chéris bien ce petit nom de Zoé, garde-le au creux de toi parce qu'un fleuve emportera très tôt la voix chère qui le prononce, et qu'elle te manquera.

Je te dis « mon petit », à toi qui étais là avant moi comme une aînée qui ne l'est pas, une « moi » ni tout à fait la même, ni tout à fait une autre, quel étrange paradoxe.

À l'image des premières pièces de bois du bateau de Thésée[01] *remplacées au fil du temps,*

01 La légende du bateau de Thésée est évoquée par Plutarque dans *Vies des hommes illustres.*

les cellules de notre corps se renouvellent, tous les sept ans, dit-on. Au début et à la fin, est-ce le même bateau, est-ce la même personne ? Laissons la question aux philosophes, et disons que c'est une même mer, c'est une même vie qui porte. Et c'est tout.

J'ai appris il n'y a pas longtemps au hasard d'une de mes lectures, que zoé signifie en grec « vie », « existence ». C'est de cela que je viens parler avec toi, de notre existence, l'unique, sauvage et précieuse vie *du poème de Mary Olivier*[02].

Je ne serais pas étonnée qu'avec les mots de Verlaine que tu as recopiés dans un cahier que j'ai gardé, tu me demandes effrontément : « Dis, qu'as-tu fait, toi que voilà, de ma jeunesse[03] *? »*

À ce jour, nous avons dépensé plus de la moitié de notre précieuse vie.

J'ai dû faire quelques détours nécessaires, et sans doute ai-je perdu du temps ici et là-bas, loupé quelques flèches de direction, ou pas voulu les voir, c'est vrai. Sans doute ai-je un peu trop hésité à certaines croisées, ou rebroussé chemin, mais je crois que je n'ai pas gaspillé nos vivres à tort et à travers. Rien n'a été vécu en vain. Tout a servi en fin de compte. Tout sert.

Ce que j'ai fait de ta tige de jeunesse que tu fais pousser parmi les cailloux, je viens t'en rendre compte le cœur tranquille. Je peux, sans trembler,

02 Mary Olivier, « La journée d'été ».
03 Paul Verlaine, *Sagesse* (1881).

regarder droit dans tes grands yeux d'adolescente que tu ne baisses pas facilement. Je ne t'ai pas fait faux bond, mon petit Zoé, je ne t'ai pas trahie. J'ai continué à chercher ce que depuis le début tu cherches obstinément et avec passion : la liberté.

Aurait-il fallu choisir un chemin plus facile ? Qu'importe. Ce chemin est là, devant, et j'irai jusqu'au bout, à tâtons s'il le faut.

Car ce que je sais de la liberté est presque rien. Il se pourrait qu'il faille beaucoup de murs, de verrous, de cages et d'oiseleurs pour comprendre le ciel. Il se pourrait que nous soyons nos propres murs, nos propres verrous, nos propres cages, nos propres oiseleurs, et que le ciel soit au-dedans de nous. Nous nous faisons obstacle, l'admettre est difficile, mais il se pourrait bien que de cet aveu, et de là seulement, nous atteignions la liberté d'être libres [04].

Et justement, qu'ai-je fait de ta soif de liberté, de ton âme sauvage qui se cabre devant la bride ? Qu'ai-je fait de ta déception du monde, et de ta folle espérance aussi ? Qu'ai-je fait de ta question de l'amour absolu, de ton idéal sacré ? Qu'ai-je fait de ton cœur à fleur de peau, de ta coque dure de solitude, de ta mélancolie et de ta joie qui pourtant demeure ? Qu'ai-je fait de ta parole qui trébuche, de tes brouillons de poèmes, de ton goût du silence ? Qu'ai-je fait de tes pourquoi, de tes comment, de tes peurs ? Ce que j'ai fait du mystère de ton être, je vais te le dire.

04 Nelson Mandela.

Cela t'étonnera un peu, mais au fond pas tant que cela : j'en ai fait des livres. Je n'ai pas fait aussi beau, aussi pur que Saint-Exupéry avec son Petit Prince *que tu relis sans fin parce qu'il est pour toi une consolation immense, mais j'écris de mon mieux. Les livres des autres sont toujours mes grands frères. Il arrive que l'un des miens soit une petite consolation pour quelqu'un, alors je suis contente d'avoir été un peu utile à mon tour.*

Maintenant que je t'ai dit la bonne aventure, oublie que tu as lu les lignes de ta vie dans ma main qui écrit. Tu n'as pas besoin de savoir ce qui se passera ou ce qui ne se passera pas. Continue à être et à faire comme bon te semble. Ce que l'on te reproche, c'est ce que tu es. Moque-toi si tu peux de ce qu'on peut en penser. Ne te change pas. Parce qu'en étant exactement toi tu fais de moi la femme que je suis. Et je ne voudrais pas en être une autre.

Merci.

Je ne sais pas quand j'arriverai au pays de ta liberté chérie, mais je garde ton cap. Les brumes se lèvent, on dirait. La navigation est plus aisée, les tempêtes passent sans naufrage. Le soleil est ma boussole, j'ai notre bonne étoile, et puis je suis les oiseaux.

Tendrement,

Joëlle

LETTRE À L'ADULTE QUE JE SERAI

NÉO

Je suppose que je dois commencer par bonjour... Donc salut.

Ça fait très longtemps que je n'avais pas écrit de lettre, ça fait du bien.

Mais pourquoi tu continues de lire ?

C'est parce que tu as envie de te remémorer l'époque où tu écrivais ces mots ?

[...] les jolies courbes des lettres que tu inscrivais sur ton cahier, qui n'avait ni queue ni tête d'ailleurs, ni forme ni couleur.

Pourquoi tu continues à me lire ?

Est-ce parce que tu as envie de te remémorer l'époque où tu pleurais, criais, essayais d'évacuer un maximum le flot de tes pensées, attiré par l'idée de quitter ce monde ?

Est-ce que ça va mieux ? Est-ce qu'aujourd'hui tu te tiens debout, face à la foule, prêt à monter sur scène sans souvenir des jours passés ni souci des regards futurs ?

Je t'envie si c'est le cas.

J'aimerais bien être comme toi.

Me pavaner dans les rues toujours enjoué, m'exprimer sans souci, sans contrainte, écrire, ne plus essayer de cacher ces histoires au regard ténébreux des personnes indiscrètes.

En tout cas sache que je ne veux pas comprendre.

Comprendre est un mot bien trop grand, bien trop difficile à analyser lorsqu'on demande de comprendre.

Le sens de la vie.

Le sens de la mort.

Comment tu fais pour comprendre ?

Comment tu fais pour accepter de comprendre ?

J'ai peur de ça.

Et j'en ai assez des adultes qui me disent à chaque fois : « Essaie de comprendre, c'est pas compliqué. »

Moi, je veux pas comprendre, je ne cherche pas à comprendre.

Reste comme je suis,

Garde ton imagination dans une boîte.

Une boîte aussi précieuse que celle de Pandore...

Mais aussi dangereuse également.

Ne réfléchis pas.

Pense.

Regarde.

Admire.

Je ne veux pas devenir un adulte.

Je ne veux pas devenir comme ça.

Ne me dis rien.

Ne me dévoile pas ce que je n'aimerais pas savoir.

Aujourd'hui, suis-je un petit souvenir à tes yeux ?

Suis-je un fantôme du passé ?

Harceleur, démon qui te rappelle les moments difficiles.

En fait je ne veux pas savoir.

Moi je veux juste mourir.
J'emploie ce mot.
Mourir.
Pour renaître, me sentir mieux.
Peut-être pour être reconnu et peut-être devenir une personne moins têtue aux yeux des adultes.
Tu sais quoi, j'en ai assez de me plaindre.
Oui je sais, la famille c'est pas ça.
Oui je sais que l'état de la maison t'a détruit.
Mais tu te reconstruis, pas vrai ?
Alors viens.
Me laisse pas, reste avec moi, on est bien là, non ?
Ensemble tous les deux.
Hurlant le désespoir et chantant la joie, l'amour.
Je t'aime moi !
Je voudrais danser, me pavaner avec toi.
Je voudrais crier : « Je vis, moi ! »
Je voudrais cesser de compter le nombre de puits clos dans ma vie.
Je voudrais que tu m'acceptes et que tu ne m'oublies pas.
Mais ce ne sera pas le cas.
Alors finalement, s'il te plaît, reste encore un peu sur terre, juste pour relire ces mots.

En réalité, je voulais juste te dire que je suis jaloux et crier et hurler ma douleur face à toi.
Que tu puisses trembler quand tu verras cette feuille.
Je voudrais être heureux.
Suis-je heureux ?
J'aimerais éprouver ce sentiment, tous les sentiments.

L'amour, la joie, la tristesse et le dégoût.
Et surtout sans avoir à les écrire sur le papier.
Je voudrais juste vivre,
continuer au moins à tenir debout face à toi,
arrêter d'être une éponge à émotions
et,
finalement,
être moi-même,
sans reproche.
Alors dis-moi, réponds-moi vite si tu as le temps entre deux meetings.
Et dis-moi comment suis-je ?
Mais j'ai quand même peur de toi.
Néanmoins, à présent, je suppose que je vais terminer par au revoir...
Donc adieu.
N'oublie pas, je ne suis pas toi.
Et peut-être que c'est la dernière fois que j'écris cette lettre,
comme ça,
et que je me dévoilerai face à toi.
Alors ne m'oublie pas.

Néo

N.B. Je m'excuse pour les fautes d'orthographe que j'ai pu commettre.

LETTRE À L'ADO QUE J'ÉTAIS

JEAN-JACQUES FDIDA

Strasbourg,
19 décembre 2021

À toi,
qui un jour seras moi.

Plutôt que de te donner, à travers cet étonnant courrier, des doutes prématurés ou de futiles espoirs, j'aurais aimé que tu inscrives en ton cœur cette histoire.

Il y avait une fois une reine et un roi qui avaient donné latitude et ressources à leur enfant pour s'en aller voguer de par le monde. Après quelques bonnes et mauvaises fortunes, hasards et aléas divers, le prince a traversé la mer et atteint de nouveaux rivages.

Une poignée d'indigènes l'ont accueilli en poussant des cris de joie :

– Hourra ! Faste et grandeur au nouveau roi !

Tout en l'acclamant, les habitants du pays l'ont revêtu de somptueux habits, l'ont hissé sur un char décoré, et conduit en un somptueux palais où ils l'ont invité à s'asseoir sur un trône doré.

Le prince ne cessait de s'étonner.

– Sache, ô Seigneur, l'a informé un conseiller, que selon notre tradition, tout voyageur qui parvient dans notre pays est déclaré souverain et nous nous empressons de le servir toute une année durant, mais une année seulement. Ensuite, nous le déposons dans une barque qui le mène vers une île d'exil, sans que désormais nous ayons nul souci de son sort.

À ces mots, le prince a été complètement dégrisé.

– Et tous vos invités savent le destin qui leur est réservé ?

– À aucun notre loi n'est cachée.

– Et que font-ils ?

– Le plus souvent, réjouis par leur royauté, ils se délectent des innombrables plaisirs qu'elle peut leur apporter, passant d'une récréation à une autre. Selon les tempéraments, ils en abusent ou s'en lassent à l'idée du terme approchant. Plus rarement, ils désespèrent dès leur arrivée et tout au long de leur règne. Et toi, que feras-tu ?

Le nouveau venu ne savait plus que penser. Le goût du bien-être qui lui était offert lui semblait maintenant dérisoire, mais, d'un autre côté, il ne voulait pas gaspiller son temps à se morfondre. Aussi s'est-il mis à songer à l'endroit où on l'enverrait quand l'année serait achevée. À l'occasion, on le lui montrait du doigt à l'horizon : l'île d'exil était une terre nue et déserte.

Le jeune homme a alors décidé de prendre les devants et bâtir durant son règne ce qu'il ne pourrait plus édifier quand celui-ci serait achevé. Il a demandé à ses sujets les plus robustes de se munir d'outils, puis de pagayer vers l'île afin d'y travailler, labourer, sarcler, ensemencer...

La tâche était considérable, mais ses sujets se démenaient avec félicité car l'ouvrage prenait ! Ils en venaient même à construire des habitations pour y séjourner. Finalement, tous ont décidé d'y emménager, déclarant qu'il faisait bon vivre en ce paradis.

De telle sorte qu'à l'heure fatidique où le jeune monarque déchu a été déposé dans sa barque, il se réjouissait d'aller cette fois vers une terre qui ne lui était pas venue comme un caprice de la destinée, mais comme un monde qu'il avait lui-même élaboré.

Toi, qui as écouté ces paroles,
entends bien le sens de cette parabole.
Dans l'histoire, la reine et le roi bienfaisants
sont - chéris leur souvenir ! - tes parents ;
le prince, c'est toi-même, à la vie naissant ;
le rivage où il échoue, le monde ambiant ;
ses amis, ceux qui l'accueillent en chantant ;
le conseiller qui l'informe, l'entendement ;
le temps de son règne, ses jeunes années ;
l'île d'exil, le monde futur de sa maturité ;
enfin, les ardents travailleurs qu'il y envoie
sont les œuvres variées auxquelles il s'emploie
pour y songer, l'apprêter, le nourrir et l'habiter.

J'aurais pu t'abreuver de conseils sages et prudents, d'avertissements ou même d'encouragements… Cette attitude est vaine : vivre, c'est essayer !

Il est juste une chose pourtant que tu ne dois pas ignorer : quelle que soit la course du monde, les jeux aventureux des âmes vagabondes, les incidents de parcours ou l'état du chemin, ne doute jamais au grand jamais que chacun est l'artisan de son propre destin.

Régale-toi.

Ton bientôt toi

LETTRE À L'ADULTE QUE JE SERAI

TÉP

Cher toi,

Cher toi qui es moi sans l'être, cher moi qui n'existe pas encore, cher moi que j'imagine et qui n'existera jamais comme je l'imagine, bonjour.

Ou bonsoir ou bonne nuit, tu verras bien.

Pour la suite, je vais faire comme si tu étais toujours en vie (parce qu'en fait écrire cette lettre est un exercice, et écrire simplement « Cher moi, toutes mes condoléances, au revoir » ne satisfera sans doute pas grand monde, moi compris). Donc si par hasard tu n'étais plus en vie... Bonne nuit. Je laisse la Mort te porter jusqu'à ton lit, je la laisse te fermer les yeux, t'embrasser le front, te border un peu et te souhaiter un beau voyage. Puissent tes cendres s'être répandues sur le monde comme ces étoiles dans le ciel nocturne que tu as regardées tant de fois depuis la fenêtre de ta chambre.

Si tu es mort, je ne t'en veux pas. Comment le pourrais-je, puisque tu n'auras jamais existé ailleurs que dans mes pensées ?

Donc on va dire que tu es vivant, et on reprend :

Ben d'abord, chapeau ! (Ou chaussettes, comme tu veux, je sais que toi et ton humour absurde y ont pensé, ne fais pas semblant). Bravo d'être resté en vie aussi longtemps. Ça peut te paraître bête, mais pour moi c'était loin d'être évident de penser dépasser mes 18 ans, donc bravo. La prochaine étape : te faire empailler (attends la suite avant de jeter cette lettre et souviens-toi de ce que j'ai dit à propos de notre humour britannique) et exposer à côté d'un hibou grand-duc passé chez le même taxidermiste cinq ans plus tôt (parce que pourquoi pas). Je compte sur toi pour trouver ce hibou, tu lui passeras le bonjour de ma part.

Ne me demande pas pourquoi, cette idée est venue toute seule. En vrai je ne sais pas quand tu vas lire cette lettre, mais au cas où se faire empailler serait devenu légal, je laisse cette idée ici et je t'invite à y réfléchir un peu, sait-on jamais.

Trêve de plaisanteries (mais pas trop longtemps quand même), parlons un peu de ce qui fait mal.

Ne me déteste pas. Ne te moque pas de moi, ne réfute pas ce que je pense, ce que tu as pensé, même si tu en as honte. Ne nie pas ma douleur et ne réduis pas à des délires d'ado malade une souffrance bien réelle pour le toi d'il y a quelques années. Ne ris pas de moi comme d'autres le font. Ne me fais, ne te fais pas ça. Et si tu l'as fait, file-toi une baffe et commence par respecter le toi de 16 ans qui écrit cette lettre avant de continuer à la lire.

Parce qu'on n'écoute jamais les enfants, jamais complètement, jamais assez, jamais un peu. Jamais tout court. Et avant que tu ne protestes j'ajouterai : jamais sérieusement. Jamais tout à fait sérieusement.

Parce que ce n'est qu'un enfant, parce qu'il ne sait pas ce que je sais, parce qu'il n'a pas vécu ce que j'ai vécu. Sauf que non. Aucun enfant ne sait ce que tu sais et personne ne le saura jamais exactement comme toi tu le sais. Et c'est normal.

Si tu as déjà pensé que les pensées de quelqu'un étaient moins éclairées que les tiennes seulement parce qu'il était plus jeune que toi et sans en ressentir de honte ou au moins de malaise, referme cette lettre et brûle-la, car je n'ai plus suffisamment de respect pour toi pour te laisser continuer ta lecture. Tu la continueras peut-être, sûrement même, mais ce sera en sachant mon dégoût pour ta personne.

Si tu deviens adulte, je ne te le pardonnerai pas.

Parce que les adultes, pour le moi actuel, c'est des gens qui ont fini au moins en partie ce qu'ils appellent « l'école de la vie » et qui savent tout mieux que moi. Je sais que je suis également passé par l'école et que tu te diras peut-être que c'est stupide comme définition. Si c'était l'école de la vie, je n'en sais rien, j'y suis passé et ça me suffit.

Donc ce que je veux dire par ne pas être adulte, c'est ne pas avoir la prétention de penser savoir mieux que quelqu'un d'autre, que ce soit moi ou un autre. Parce que les autres ne savent pas « moins bien », ils savent différemment. Comme moi je sais la mort et toi la vie différemment des autres parce que nous n'avons pas eu le même parcours.

(Avec du recul je ne suis pas si pessimiste que ça, il y a peut-être encore de l'espoir pour ma petite personne pétrie d'orgueil!)

Pour en revenir à cette petite personne (de plus d'un mètre soixante-cinq tout de même, mon ego tenait à le préciser), te souviens-tu de Lise? Te souviens-tu de ce « nous » que j'ai été avec elle, de ces moments incroyables que nous avons partagés, de cette bulle de douceur, de cet univers que nous nous étions créé? De ce tout que nous étions à nous deux? Te souviens-tu du rien que je suis maintenant? De tous ces gens plus ou moins importants qui l'ont suivie et qui restent dans un coin de ma tête comme un dessin mal effacé? Tu as intérêt. Sinon, retrouve parmi la centaine de cahiers et le million de feuilles éparpillés dans ma chambre une trace d'eux, pour ne pas les oublier. Parce qu'ils font tellement partie de moi maintenant que les oublier reviendrait à m'oublier, moi. Donc souviens-toi des rires et des larmes que j'ai eus avec eux et, pour Lise, de la douleur qui te déchirait l'esprit quand tu pensais à elle, et qui me détruit toujours.

Peut-être que tu détestes les centaines de cicatrices qui s'alignent sur ton corps, peut-être que tu te maudis d'avoir un jour tracé le premier trait.

Moi je les aime bien. Ça me rassure de savoir que tu les as gardées, même si tu les hais. Ça fait un peu de moi resté en toi.

Je pourrais continuer sur un tas de sujets : tes hobbies, tes lectures, les histoires que j'ai inventées, la famille, les peluches, le téléphone de Julia que j'ai récupéré qui a déjà 6 ans et qui fonctionne toujours parfaitement pour peu qu'on ne lui demande que l'heure et qu'on ait quelques minutes de libre pour attendre sa réponse, mon ami que j'ai plus l'habitude d'appeler Grenouille que par son prénom, le lampadaire en face de la maison, le stylo avec lequel j'écris, que sont-ils devenus ?

Mon rêve d'avoir une bibliothèque chez moi avec un passage secret dedans, tu l'as réalisé ? Et mon regard sur chaque chose, mes yeux qui se nourrissent de chaque lumière et de chaque ombre que le soleil dépose, qu'en est-il de lui ? Tu t'en souviens, tu l'as gardé ?

Ne l'oublie pas.

Même si ce n'est pas agréable, souviens-toi.

Souviens-toi de ce passé que tu tentes peut-être de reléguer au fin fond de ta mémoire avec sûrement plein de bonnes raisons de le faire. Ne l'oublie pas.

Ne l'oublie pas, ne m'oublie pas, ne t'oublie pas.

Moi, je vais fermer cette lettre, la laisser dormir un peu à travers les années, le temps qu'elle arrive jusqu'à toi. Ce moi qui ne sera plus car tu l'auras remplacé, ce moi qui est toi, ce toi qui t'a offert son passé et sa vie pour que tu aies celle que tu as, ce toi va juste t'offrir un sourire avant de retourner se rouler en boule pour s'endormir dans un coin de ta mémoire. Porte-le jusqu'à son lit, borde-le un peu. Il est là, en toi. Et la vie continue à couler entre les berges du monde.

Je te souhaite une bonne nuit et de beaux rêves,

Le toi du passé,
le toi d'un jour, Toi tout court.

TÉP

LETTRE À L'ADO QUE J'ÉTAIS

VALENTINE GOBY

Starting-blocks.

Des photos de toi à 15 ans, il y en a plein les albums de famille.

Mais je ne cherche pas exactement une photo, plutôt un instantané qui cristallise la fille que tu es alors. Je le tiens : doigts plantés dans le revêtement synthétique du stade où tu t'entraînes chaque mercredi, pieds dans les starting-blocks, tu attends le top départ. Cette vision de toi hyper concentrée, pupilles punaisées à l'horizon, muscles bandés prêts à la détente, dit tout de tes 15 ans. Tu es une fille sur le qui-vive.

Partir, ça te démange.

T'écarter des sentiers rebattus. Tu les aimes pourtant, tu les arpentes encore, ces bois, ces restanques sous ciel monochrome et soleil permanent, mais tu veux un autre air, un autre espace. La splendide bastide où tu as grandi parmi les oliviers est devenue étroite, tu la connais par cœur. Ton nom est étroit, le même nom que portent tes cousins, tes oncles, tes ancêtres parfumeurs, et tu n'es jamais que la petite-fille de, la fille de, la nièce de, une extension, tu te débats à l'intérieur du nom comme dans un vêtement étriqué. Tu veux un prénom, c'est un combat. Te dissocier. Être toi, devenir toi, seulement voilà : toi est un mystère.

L'explorer, c'est l'enjeu.

Ce que tu sais : tu ne veux pas appartenir, tu n'en peux plus de l'assignation à résidence. Oh le désir fou de ne pas avoir d'attache. Tu n'en acceptes aucune, tu refuses même de rejoindre une de ces bandes qui se constituent en marge des adultes. Tu connais ces garçons et filles depuis la maternelle, vous avez eu les mêmes profs, certains profs, vos parents les ont eus aussi, et vos parents se fréquentent, ça n'en finit pas de se refermer sur toi, le piège du monde connu. Tu fais ce qu'ils font, tu fumes, tu bois un peu, tu roules des pelles aux garçons mais hors du groupe, ou à distance. Ils te trouvent snob, à l'époque on dirait bêcheuse, tu voudrais t'en foutre mais ça te blesse car tu n'as pas de projet de rechange. Tu veux décamper, mais où ?

Tu désires l'étrangeté.

Tu adores voyager, tu es de chaque séjour linguistique, en Allemagne, en Irlande, aux États-Unis, tu apprends les langues, des alliées pour la fugue. Tu décides d'étudier à Paris, parce que c'est loin et le contraire de tout ce que tu connais : le bruit, l'anonymat, la foule, le béton, le mouvement.

Tu veux du neuf, tout le temps, tu cherches à perpétuer ce ravissement de la petite enfance, des premières fois en cascade par lesquelles on s'éprouve - la première neige, la première baignade au torrent, la première cerise, la première brûlure, la première danse -, alors tu apprends le parapente, tu fais l'amour, des vertiges. Tu te mets passionnément au théâtre, tu veux incarner toutes les héroïnes, les paysannes et les duchesses, les Bérénice, les Zerbinette, les rebelles, les dociles, tu explores qui tu es quand tu épouses les contours d'une autre, quand tu as 50 ans, quand tu en as 5, quand tu es homme, quand tu es chœur, quand tu as un mal d'amour à crever, quand tu es jalouse ou en colère, quand tu as tué, quand tu as consolé, prodigieuse liberté d'aller voir ailleurs si tu y es.

Surtout, tu écris.

Les histoires que tu inventes sont des permissions sans fin, tes personnages ont tous les droits, tous les sexes, ils te débordent, ils sont autant de variations inattendues, parfois contradictoires de toi, des versions vraies, tu te dis, sous couvert de fiction. Cette exploration par la langue se déploie aussi dans la lecture car les livres te dépaysent radicalement. Tu lis Émile Zola et tu t'arraches à la molle douceur du Midi pour rejoindre, au Nord, la mine de charbon si terrible et vivante et les luttes ouvrières. Tu lis Victor Hugo et tu grimpes sur les barricades à Paris, et ton cœur bat pour Jean Valjean condamné au bagne après avoir volé un morceau de pain, et pour Fantine balayée par une maladie qui n'existe plus. Tu lis Les Nourritures terrestres *d'André Gide, tu goûtes à des grenades, on ne trouve pas facilement ces fruits en France, en 1990, « leur pulpe était délicate et juteuse, savoureuse comme la chair qui saigne, rouge comme le sang qui sort d'une blessure », des mots aussi sensuels que des mains de garçon sur ta peau. Tu lis Marguerite Duras et tu vibres pour un amant chinois devant lequel une fille qui a ton âge a « le visage de la jouissance ». Lire te déracine, tu en redemandes. Une prof te conseille* Le Parfum, *de Patrick Süskind, tu l'écartes illico après en avoir lu la quatrième de couverture parce qu'il te ramène à Grasse, aux parfums, à l'écrasant nom de famille, à l'arbre généalogique dont tu es le petit fruit. Tu l'ouvres quand même parce que tu aimes bien la prof, et tu ne le lâches plus : tu y découvres un homme plus puissant que ton père, qui n'a besoin que de mots pour faire des parfums tandis que ton père parcourt le monde, lui, à la recherche de fleurs, de fruits, de mousses, d'écorces fabuleuses. Cet homme, c'est l'écrivain. L'écrivain est qui il veut, où il veut, à l'époque qu'il veut, il n'a besoin que de mots. En toutes circonstances il se sauve. Écrire, c'est être soi-même et muter sans cesse, demeurer et partir simultanément. L'aventure permanente.*

Tu ne rêves pas encore de devenir romancière. Mais tu y es prête, je crois, dans les starting-blocks.

LETTRE À L'ADULTE QUE JE SERAI

ERWAN MANICON-VELIN

À mon très cher Erwan du futur,

Si ou li *cette lettre c'est que* ou lé fièr *de la personne que* ou lé devenu *malgré les aléas de la vie. Même* si lé dur *ne baisse pas les bras car dans la vie il aura toujours des personnes sur qui compter et d'autres qui vont te faire des problèmes. Ne change pas, pour personne, car même* si ou na in *caractère de merde,* ou rès *la même personne et s'ils ne veulent pas t'accepter comme* ou lé, bordé! *car* out vré kamarad i aksep out kalité et out défo.

Ah oui, mwin la oubli dir aou, arèt dèt bon kèr avek demoune pars banna i an profite, i koné ke si zot lé dan la mèrd, zot i koné ke ou sa èd azot, *et c'est ça ta plus grande faiblesse* ou na tro bon kèr avek demoune. *Car à force d'être trahi par les personnes à qui tu apportes ton aide on voit que tu es dégoûté et déçu et même si* ou la *toujours été là pour leur porter secours c'est là qu'on réalise qu'à être trop bon cœur avec les personnes on finit par être déçu.*

J'espère que quand ou va lir *cette lettre* ou sera fièr out parkour é ke ou lé fièr sak ou lé devenu.

J'espère que cette lettre t'aidera à faire des meilleurs choix, ne fais plus les mêmes erreurs que tu fais actuellement, reste fidèle à toi-même.

LETTRE À L'ADO QUE J'ÉTAIS

GARY GHISLAIN

Jules Verne et le mystère des pince-oreilles
Un message insectoïde et littéraire envoyé de Ghislain à Gary à travers le temps et les dimensions

– *Comment ça, dans du Jules Verne ?*

Gilles me regarde de travers, se demande si c'est encore une de mes histoires à dormir debout.

– *Ça a commencé avec un pince-oreille.*

Je mime une pince ultra active avec mes doigts.

– *Je l'ai vu se glisser dans mes Jules Verne. Du coup, je l'ai cherché dans plusieurs volumes et puis...*

J'ouvre mon Vingt Mille Lieues sous les mers*.*

– *C'est pas le même pince-oreille. Celui-là a l'air d'être mort depuis longtemps.*

Je pose mon doigt sur la carapace séchée contre la page jaunie.

– *Tu m'as fait venir pour une histoire d'insecte mort dans un livre ?*

Je lui donne le livre.

– *Lis. Les mots juste au-dessus de la carapace.*

Gilles grogne puis s'exécute.

– L'étonnement, la stupéfaction seront probablement l'état habituel de votre esprit.

– *Mais non ! Plus haut. Tu vois bien, là !*

Je tapote du bout du doigt la phrase juste au-dessus du pince-oreille écrasé.

– Vous allez voyager dans le pays des merveilles.

– *Et ?*

– *Tu ne comprends pas ?*

– *Non.*

Il ferme mon livre et me le rend.

– *C'est un message. Une piste. La réponse à une question. Pour l'année prochaine, par exemple. Et pour toutes les années à venir.*

L'année prochaine, on aura notre bac. On a décidé de monter à Paris pour faire nos études. Seulement, on ne sait pas quoi étudier, quoi devenir. On s'inquiète. J'ai même parlé de m'inscrire en première année de médecine parce que c'est rassurant pour mes parents. Alors que médecine, maths, biologie, c'est pas vraiment mon truc. Moi, j'ai envie de devenir écrivain, et Gilles aussi. Sauf qu'écrivain, c'est comme footballeur ou chanteur, tout le monde nous a dit que ce n'est pas possible, que c'est pour les autres, que c'est un loisir pas un métier et qu'il n'y a pas d'études pour ça. Les parents de Gilles nous ont même dit qu'on peut devenir profs de français si la littérature nous plaît tant, mais que ça aussi ça va être difficile avec notre orthographe de cochon.

Gilles soupire et attrape son casque de moto. Il en a marre de mes insectes messagers et il a un rencard avec Caroline.

– *T'es vraiment barré.*

– Et toi, tu manques d'imagination.

Je l'accompagne dans les escaliers. J'ouvre la porte d'entrée de mon immeuble. Il met son casque et enfourche sa moto. Il la démarre d'un coup de kick sec.

– Si t'attrapes ton pince-oreille, tu l'écrases pour moi.

Il part, me laissant dans un nuage de fumée de son moteur à deux temps.

J'ai parcouru toute ma collection de Jules Verne et je suis maintenant sûr que quelqu'un quelque part essaie de nous envoyer un message à l'aide de pince-oreilles écrasés entre les pages. Je m'allonge sur mon lit. J'ai noté sur un bout de papier tous les fragments de phrases que soulignaient leurs cadavres. Je les relis plusieurs fois jusqu'à ce que ma mère m'appelle.

– Gary ! Gilles au téléphone !

Je dévale les escaliers de ma chambre au salon. J'arrache le combiné de téléphone des mains de ma mère et m'enferme dans la salle de bains pour avoir un minimum d'intimité.

– Tu veux sortir ce soir ? On va au Crystal avec Caroline.

– Oui. Non. Enfin oui, mais c'est pas de ça que je veux parler. J'ai trouvé plein d'autres pince-oreilles écrasés. Ils forment un message.

Je l'entends soupirer et quelqu'un glousse à côté de lui. C'est Caroline. Elle glousse souvent.

– Tu veux l'entendre ou pas ?

– Pas vraiment. Mais vas-y.

Je me concentre sur les phrases de Jules Verne qui s'enchaînent sur le bout de papier dans ma main.

Puis je me mets à les lire :

– N'abandonne pas... la sphère céleste, fourmillant d'étoiles et de constellations... Regardant ce ciel étrange... tu dois écrire, me dit mon oncle... les premières pages du livre... de ce voyage dans les provinces... du mystère. *On est loin de « fais médecine ! » ou « obtiens ton agrégation de lettres même si t'es nul en orthographe ! ».*

– T'as fini ?

– Oui.

– Tu viens au Crystal ou pas ?

Je réfléchis. Si Gilles n'a pas compris, ce n'est pas la peine, il ne comprendra jamais.

– Non.

Il me raccroche au nez.

J'ai l'impression qu'il vient de me dire adieu. J'essaie de pas trop en souffrir, mais ça pique fort quand même. C'est vrai, je suis un peu loufoque. Je crois en des messages écrits avec des insectes morts dans de vieux livres d'aventures.

– Tout va bien avec Gilles ? me demande ma mère quand je sors de la salle de bains.

– Ouais, c'est cool.

Je lui rends le téléphone et remonte dans ma chambre.

Je regarde tous les Jules Verne recouvrant le sol et mon bureau. J'en prends un au hasard et m'assieds sur mon lit en me demandant si je dois rejoindre Gilles et Caroline au Crystal en leur disant que tout ça n'était qu'une blague, qu'il n'y a jamais eu de pince-oreille vivant ou de message surnaturel.

Je sens quelque chose frémir sur ma main. Le pince-oreille court vers mes doigts. Je pousse un petit cri, lâche le livre et envoie voler l'insecte d'une claque. Il atterrit dans un livre ouvert que je referme sur lui d'un coup de pied.

– Pardon.

Je n'aime pas que les choses meurent, même pas un insecte. Je rouvre le livre. Le pince-oreille est miraculeusement vivant. Il se dandine gracieusement sur une page et s'arrête sur une phrase. Je la lis.

– Tout ce qu'un homme peut imaginer,
un jour quelqu'un le réalisera.

L'insecte applaudit de sa pince, puis continue son voyage vers d'autres livres.

LETTRE À L'ADULTE QUE JE SERAI

THOMAS CHESSMAN

T'es là sûrement à 40 ans
croulant dans une vie morne avec deux enfants
et un taf à mi-temps. T'es sûrement tout lent, même
plus galant. T'es plus l'exception de personne,
tout est morne.
Finis les mots roses, tout est maussade.
Finis les temps dans les bacs à sable.
Tu penses encore à cette mère qui t'a tabassé ?
Non, elle n'est pas l'excuse de ces pensées.
Tu dois tout faire pour ne pas lui ressembler.
Mais l'essentiel dans ton passé futur, c'est elle,
celle que tu aimes,
et aujourd'hui plus rien ne m'importe
que de savoir ce qu'on deviendra,
non pas toi et moi, mais elle et nous.
Celle que t'appelle ta p'tite amoureuse,
celle pour qui t'as les larmes aux yeux
quand tu lui parles de tes maux de cœur,
celle à qui tu disais des mots à raviver des fleurs.

Ton vœu le plus cher c'était son corps frêle,
sentir son souffle chaud, parler au bord de l'eau,
regarder les rosés d'été se perler.
Ahhh, qu'est-ce que tu l'aimais quand
vous vous terriez dans les pièces vides de vie
au milieu des soirées anodines qui se sublimaient
de son sourire.
Mais écoute-moi, tocard,
je ne veux pas parler de notre futur au passé,
alors fais tout pour la garder,
continue de l'aimer, je t'en prie aujourd'hui,
elle est ta seule raison de vivre.

LETTRE À L'ADO QUE J'ÉTAIS

JULIA KERNINON

Plus tard, quand tu jetteras un regard derrière ton épaule, tu ne pourras jamais déterminer avec certitude si c'est ta dureté qui t'a menée là où tu voulais, ou si la dureté aurait été dispensable, n'avait rien à voir avec ce qui comptait, n'était qu'une perte d'énergie. Tu te poseras la question presque toute ta vie. Pour l'instant, tu t'y accroches de toutes tes forces, parce qu'à 15 ans c'est la seule chose que tu as la sensation de posséder. Toi qui vis sous le toit de tes parents, qui dépend de leur argent de poche, qui ne peut ni conduire ni voter, tu as : une machine à écrire, des livres et ta dureté. Ce que tu veux pour plus tard ? Des livres et des enfants.

Pour les livres, tu t'es promis que si ça n'était pas fait à une certaine date secrète, tu te tuerais. Tu as 15 ans, ta dureté elle est aussi dans ce projet, mais ça ne va pas arriver – tu vas signer ton premier contrat juste avant le jour fatidique.

Ne t'inquiète pas.

En revanche, ta dureté, c'est plus compliqué que ce que tu crois. Tu y penses comme à quelque chose qui te protège des autres, mais c'est aussi quelque chose qui t'empêche de te protéger, toi. Tu veux tellement être solide que tu refuses d'admettre que tu es vulnérable. Tu veux tellement que les choses aillent vite que tu refuses de prendre en compte les blessures que tu te fais sur la route, comme quelqu'un courant à bout de souffle à travers les ronces. Tu veux tellement être à l'épreuve de tout que tu es incapable de désigner tes limites, physiques ou psychiques. Tu ne connais pas tes frontières, tu penses que c'est faire preuve de faiblesse que de poser des conditions, des exigences. Tu ne sais pas où tu commences, tu ne sais pas où tu t'arrêtes, tu sais simplement qu'entre les deux tu travailles de toutes tes forces - et c'est comme ça que tu passes à côté de tout le reste.

De là où je t'écris, j'ai parfois de la peine pour toi, quand je te revois si petite, si obstinée, si disposée à te laisser maltraiter sur le chemin au besoin, trouvant ça parfaitement légitime d'être humiliée. Mais je ne ressens aucune tristesse quand je te vois écrire dans le silence de la nuit. Toi, tu te demandes si tu auras un jour des regrets, si les heures de plaisir que tu sacrifies te seront rendues à l'issue de tes efforts, tu te demandes ce que tu es en train d'hypothéquer exactement, si ce que tu fais n'est pas simplement de la folie. Je te le dis : jamais tu ne regretteras d'avoir fait ça. Toute ta vie après sera à la hauteur de cette solitude, de cette ardeur. Alors, peut-être pas la dureté, mais le travail, oui

- le travail va tout changer dans ta vie, il va te fondre et te structurer, il va t'emmener à destination, il va te sauver, il va te faire, il va t'instruire, il va te maintenir vivante, aussi. Tu veux peu de choses et ce sera toujours le cas - et les choses que tu veux, miraculeusement, une à une tu les obtiendras. Tu n'es pas encore capable de faire des livres, mais tu vas devenir la personne qui saura les faire.

Tu écris et tu lis à l'aube dans ta chambre pendant que tes amis rient, dansent, parlent, rentrent en zigzag bras dessus bras dessous dans les rues - mais sois patiente. Tu auras des fêtes, à ton tour, plus tard, tu auras des voyages, tu auras des enfants, tu auras une maison, tu auras de l'amour, tu auras du travail, et tu devras tout ça à la personne que tu es en train de construire, aux efforts que tu es en train de fournir, et à Gertrude Stein qui a écrit: Si vous ne travaillez pas très dur quand vous avez 20 ans, personne ne vous aimera quand vous en aurez *30. Tu la crois. Continue. Ne t'arrête pas.*

LETTRE À L'ADULTE
QUE JE SERAI

LETTRE COLLECTIVE

Océane, Manon, Cécilia, Sueyen, Damien, Yanis, Ethan et Jordan,

Je vous écris à la fin de l'hiver 2022. Vous lirez cette lettre dans très longtemps. Peut-être que certains auront comme moi des cheveux blancs. Vous serez alors ce qu'on appelle des adultes. Adulte, ça veut dire qui a fini de grandir. *On ne devrait jamais être adulte, parce qu'on ne devrait jamais cesser de grandir. On devrait toujours continuer de grandir dans sa tête. C'est ce que je vous souhaite.*

Dans vos têtes, il y a de grandes choses. De belles choses. Je le sais parce que je vous ai rencontrés. Dans vos têtes et dans vos cœurs, il y a des souvenirs, des secrets, des émotions que vous m'avez confiés. J'ai écrit cette lettre avec tout ça. Avec des mots qui sont les vôtres. Dans le grand désordre de tout ce que vous m'avez dit, j'ai essayé de ranger un peu. D'hier à demain, en passant par aujourd'hui.

Commençons par hier…

Hier c'est ce qu'on a fait, *résument Manon et Cécilia.*

Le passé, *reprend Damien.* Ce qui s'est déjà passé. On ne peut plus revenir en arrière. On peut réutiliser ce qu'on a appris. On peut réfléchir à ce qui s'est passé. Des outils pour avancer dans la vie.

Très bien, avançons. Et passons d'hier à aujourd'hui…

Aujourd'hui, c'est tout de suite, *selon Sueyen.* La lumière est allumée. Je vois clair.

Aujourd'hui, c'est le présent, *continue Damien.* Avant de faire quelque chose, je réfléchis à ce que je viens de faire. Le passé sert au présent. Maintenant. Rendre le présent possible pour pouvoir prévenir l'avenir. Quand je fais ce que j'aime, je me sens vivant. Avant de commettre l'irréparable, on peut réfléchir à comment on peut faire le bien autour de soi.

J'ai la peau noire, *raconte Sueyen.* Je suis en train de conduire une voiture. J'ai les cheveux coupés. Je vais en centre-ville m'acheter des lunettes de soleil. Je suis dans le monde. Je suis dans mon monde. Y a de la neige. Y a des étoiles dans la nuit. C'est quoi, la vie ? On met les jours de la date. Y aura le soleil. On peut faire plein de choses. C'est chouette, la vie.

Et hop, nous voilà embarqués dans la vie, direction le futur.

Parce que demain, c'est le futur. De jour en jour, on avance un pas après l'autre. Demain, le présent sera le passé. Le futur, c'est l'imprévisibilité.

Damien a raison, on ne peut pas toujours prévoir. Mais on peut imaginer. La preuve avec Sueyen : L'année prochaine, j'aurai 18 ans. Je serai majeur. Ce sera le 27 octobre à 9 heures exactement. À 8 h 59, je vais commencer à compter. 10, 9, 8, 7, jusqu'à zéro. Comme le jour de l'an. Comme le décollage d'une fusée. Et à 9 heures, ma barbe aura poussé. Mon corps aura grandi (taille XXL).

Pour Océane, ce sera un vendredi. J'aurai plein de cadeaux. Y aura aussi des gâteaux. Je pleurerai de joie.

Et après ? Après, on sait pas toujours ce qu'on fera*, reprend Océane.* À 22 ans, je travaillerai avec une machine à coudre à l'ESAT. Je ferai des manteaux, sans doute. Des peluches. Des coussins. Je serai à Quimper. J'aimerais être dans un appartement avec ma copine Jeanne. Le soir, on mangera, on regardera la télé.

Sueyen essaie de deviner l'avenir : Je change de visage. La taille. La barbe. Je vis tout seul à la maison. J'aime bien. Je préfère. Les autres m'embêtent. Je regarde les informations à la télé. En 2030, le virus a baissé. On n'aura plus besoin de porter le masque. Y aura des feux d'artifice dans le ciel à Quimper. Tous les jours de l'année. C'est moi qui décide ça, parce que je suis le nouveau maire. Je fais construire une montagne, parce qu'il y en a pas assez à Quimper.

Damien se dessine en 2050. Sur un paquebot, dans un restaurant. Mais j'ai oublié la mâchoire*, dit-il,* ça me donne une tête d'extraterrestre. *Alors il gomme et commente en même temps :* Pour moi, il faut que tout soit parfait. Pas forcément tout, mais les choses essentielles. Ce sera pareil quand j'aurai 45 ans. Par exemple, je me vois pas avec une tête d'extraterrestre, alors je corrige mon dessin. Et voilà, je n'ai plus une tête d'extraterrestre. Mais il y a l'oreille. J'arrive pas à bien faire les oreilles. Je corrige. Ça y est. J'ai réussi. Mais on dirait une bouche de femme. Je corrige. Maintenant c'est le bras. Un, deux, trois. J'ai fait un os en trop. Je corrige. Maintenant c'est bon. Avec mon bras je porte un plateau avec des assiettes et des verres. Voilà à quoi je ressemble à 45 ans. Je me suis fait un col et un nœud papillon. Et un costume de serveur. Je me trouve bien.

Dans la vie, il y a des jours impossibles à gommer. Des choses qu'on ne peut pas corriger. Autant de peurs, de déceptions, de sombres pensées. Autant d'émotions qui nous submergent. On doit faire avec.

Manon se souvient d'avoir rencontré en vrai un faux Dracula. C'était dans une petite ville. Il m'a parlé un peu. Je me suis approchée de lui. Il avait un masque. Son regard faisait peur. Il n'avait rien de caché dans sa poche, mais j'ai préféré faire gaffe. Il faisait peur à tout le monde.

Sueyen se souvient de s'être pris la tête avec quelqu'un. Avec plein de gens. Pour arrêter une dispute, il faut dire stop. Il faut s'éloigner.

Ça m'est arrivé d'être méchant, *avoue Damien.* C'est pas vraiment du méchant. C'est juste un peu de colère. Un peu d'agacement. Mais sinon je suis pas méchant. C'est juste que je peux en avoir l'air, quand je suis énervé.

Sans les autres, ce serait plus simple, *pense Manon.* J'aurais moins de mal à dire les bons mots. Ce serait cool. Ça m'arrive souvent de parler seule. Je me dis des choses vraiment très cool. Pas forcément des questions. Des fois je dis des trucs sans trop réfléchir. Des trucs affreux. Je pense à autre chose et je parle plus de ça. Je préfère même pas en parler avec des amis.

Et puis il y a la mort. Parce qu'un adulte, nous rappelle Sueyen, c'est à partir de 18 ans, et jusqu'à 60 ans. Après, on est à la retraite jusqu'à 100 ans. Et à 100 ans, on est mort. On peut pas mourir à 200. J'aurais bien aimé. Je suis déçu.

Si je lui fais remarquer qu'elle ne s'appelle pas Maoui, Manon sourit. Quand on annonce une bonne nouvelle, on dit oui. On est content. Oui, c'est pour dire qu'on est content. Non, c'est quand on n'est pas d'accord sur un truc.

Dans Cécilia, il y a quoi ? Il y a « a », *dit-elle.* Il y a la lettre « i ». Il y a des sourires. Je souris tout le temps. Des fois ça m'arrive d'être de mauvaise humeur. Mais je souris tout le temps.

Et Océane est un océan d'émotions : Je fais des rêves avec des émotions. Par exemple, les émotions du cri, d'être insolente. Je sais plus quand, j'ai rêvé d'un tsunami. Une autre fois, Elsa m'a demandé de crier. Tout à l'heure, j'étais un peu triste. Je pensais à un truc horrible. Là je suis heureuse. Je pense à la chorale.

Voilà une excellente solution. Des pensées heureuses contre les idées noires.

Pour Jordan, c'est le film Titanic. *Pour Yanis, c'est* dormir sous la tente. Faire du vélo tout seul. Faire du bateau sur un lac. *Pour Océane, c'est la chorale, ou la montagne.* Faire de la luge.

Marcher dans la neige. Pleurer de joie.

Sans oublier le super-pouvoir de notre imagination. Ce super-pouvoir qui nous permet de voyager dans le temps. D'aller voir celui ou celle qu'on a été dans le passé, ou d'aller rendre une petite visite à celui ou celle qu'on sera dans le futur.

SUEYEN : Je conduis un avion. Je vais à Nantes. À mon ancienne école. Je vais voir mon ancien Sueyen. Le tout-petit. Je vais lui faire un petit coucou. Tu m'as manqué, je lui dis.

OCÉANE : Je vais voir Océane la toute-petite. Elle est à la maison. Elle joue avec ses petits jouets. Il y a une copine qu'on ne connaît pas, on joue ensemble. On discute de la chorale, des montagnes, de tout ce qui est intéressant. La neige. La luge.

YANIS : Je roule en voiture. J'ai mon permis. Je vais voir Yanis le grand. Il marche sur la route. Je le prends dans la voiture. On parle moto-cross. Un peu de tout. On va pêcher. Y a un énorme poisson qui sort de l'eau.

JORDAN : Je peux visiter le *Titanic*. Quand il est encore sur l'eau. J'ai apporté la colle très très forte pour réparer. Et aussi du scotch. Des grands bouts de métal. De la peinture. Alors je préviens les autres. Je leur dis : Je suis venu sauver les gens.

DAMIEN : Si je rencontre mon Damien de 45 ans, ça ferait un bug. Quand ça fait un bug, j'ai tendance à réagir bizarrement. Je bégaie. Mais lui et moi on serait tellement pris par la surprise qu'on ne saurait même pas quoi se dire. Si j'étais mon Damien de 45 ans, je ferais le choix de ne pas trop parler. Parce que ça aurait des répercussions. Ça pourrait modifier le futur qui est prévu.

ETHAN: Je vais me voir à 21 ans. Ethan le 21 est à Quimper. Il fait plein de trucs. Il a une amoureuse. Je les regarde tous les deux. L'amoureuse d'Ethan le 21 me fixe. Je lui propose d'aller au camping avec ma sœur et ma mère. Parce que c'est au camping qu'Ethan le 18 doit tomber amoureux...

CÉCILIA: Je vais me voir quand je suis petit bébé. Petite Cécilia me reconnaît. Je la touche pas. Je reste à un mètre. Je lui dis: Je t'aime. C'est tout.

MANON: Je vais avant. Quand j'étais petite. À Paris. Je trouve Man sur un banc. Seule, abandonnée. Je la prends avec moi dans son panier. Je lui dis: Mais où sont nos parents? Je lui dis: Je sais où je vais t'amener. Chez une nounou. Elle s'occupera de toi en attendant que nos parents te trouvent.

MANON encore: Je sais pas ce que ça sera dans dix ans. Pourtant c'est une bonne idée d'y aller, parce que je trouve ça chouette. Et puis de partir en vacances, moi, ça me plaît.

Partir en vacances dans le temps. Voilà ce qu'on a fait ensemble pendant ces ateliers. D'hier à demain, en passant par aujourd'hui. En passant aussi par vos plus beaux souvenirs. Vos plus beaux souvenirs viennent du passé, alors j'aurais pu commencer par eux. Mais les souvenirs voyagent dans le temps avec nous. Ils sont là aujourd'hui, et je vous les place à la fin de ce courrier pour que vous les retrouviez facilement demain.

ETHAN: Mon plus beau souvenir, c'est de prendre l'avion pour aller à Toulouse. Voir du football américain. Les Ours de Toulouse contre Grenoble.

Les mascottes et les pompom girls qui font un spectacle sur le terrain.

JORDAN : C'était le matin. On était dans une maison. Je parlais à mon chien Prince. Je lui disais un secret.

MANON : Il y avait des copains et copines. On faisait du vélo sur une voie verte. Beaucoup de kilomètres. Aucune pause, juste une fois pour prendre des photos. On est allés très très loin. On est partis de Pont-Aven jusqu'à Quimper. Après on est arrivés à l'hôtel, on s'est posés un peu, on a joué tous ensemble. Il commençait à faire nuit. Le temps de se laver et de manger, et après on est allés au lit. Le lendemain, on est repartis à vélo vers Pont-Aven. J'avais mal partout.

CÉCILIA : C'est les vacances d'été. Je mets un maillot de bain pour aller dans l'eau. Il y a un beau soleil. Maman vient dans l'eau avec moi, on nage. Je nage sous l'eau, Maman aussi.

YANIS : C'est quand je suis allé pêcher avec Papa. Mon chien Paco était avec nous. On a joué à la balle, je l'ai lancée à Paco et il l'a rattrapée. Papa et moi, on a pêché un thon.

OCÉANE : Je fais de la luge. Je suis en joie. Le ski, c'est trop compliqué pour moi. Je touche la neige. C'est froid. J'ai des gants spéciaux pour la neige.

SUEYEN : Ma chemise rouge de Noël. Les invités. La maison avec des guirlandes. Un sapin. Le repas de Noël. La bûche au chocolat. Les cadeaux. Je chantais avec tout le monde. On a dansé sur des musiques de Rihanna. J'aime bien danser.

DAMIEN : Mon plus beau souvenir, c'est quand j'étais avec ma mère. On était en train de rire à cause de ma petite mèche. Avant, j'avais les cheveux longs. C'est quand on était en train de se marrer comme des baleines, parce que je remettais toujours en place ma mèche, parce qu'elle me gênait. Le rire est très contagieux. La dernière fois que j'ai vu ma mère, je me souviens du contact physique. Je lui avais fait un gros gros câlin. On s'était dit rendez-vous dans quinze jours. Elle était en haut de chez elle. On se faisait le gros bisou de loin. La dernière fois que je l'ai entendue, c'était chez ma mamie. Au téléphone. On était en train de rire avec ma mèche. Et ça, c'est mon plus beau souvenir.

Voilà. Vos souvenirs sont là. Serrés dans un seul courrier. Ils se tiennent chaud les uns les autres. Ce courrier, on va le signer tous ensemble. Mais pas tout de suite. À la fin d'un courrier, on peut terminer par une formule de politesse. Ou alors on ajoute une dernière chose. Une chose qu'on a failli oublier, et qui pourtant est super importante. C'est ce que je vais faire maintenant. Je vous l'écris en tout petit, comme si je chuchotais à votre oreille. Parce que c'est une promesse.

... Océane, Manon, Cécilia, Sueyen, Damien, Yanis, Ethan, Jordan... il y a tellement de belles choses dans les mots que vous m'avez confiés, et dans vos regards, et dans vos sourires, il y a tellement de belles choses en vous, que je ne vous oublierai jamais...

Alex Cousseau

P.S. : vous vous souvenez du jour où je suis arrivé avec une enveloppe ? Une enveloppe pour le futur. Je vous avais demandé ce que vous auriez envie d'y mettre. Ce que vous auriez envie d'y trouver plus tard. Ce courrier est déjà très long, je ne suis pas certain qu'il reste encore de la place, mais ça vaut le coup d'essayer. J'ajoute donc toutes les choses possibles ou impossibles que vous avez décidé d'envoyer dans le futur : une montre, une machine à voyager dans le temps, un chat, deux chiens (et une seule balle), une luge, une montagne, une grande tour très solide de 4 000 mètres pour résister aux tremblements de terre, un loup, l'équipe du Stade brestois + l'équipe du FC Lorient, une fête foraine (des autos-tamponneuses, l'adrénaline et le manège techno), du fromage et du saucisson, trois tablettes de chocolat, trois chanteurs avec un micro, un poisson rouge, un cochon d'Inde, un jeu de voitures, un camion, une moto-cross, un bateau, le *Titanic*, le film du *Titanic*, des amis, et des étoiles…

LETTRE À L'ADO QUE J'ÉTAIS

ANNE-FLEUR MULTON

T'as déjà embrassé un garçon ?
Ouais, plusieurs, même. J'ai déjà sucé, aussi.

Tu dis ça avec un air sérieux, comme un secret. Sucer. Tu ne sais pas très bien ce que ça veut dire. C'est un mot sexuel, un mot d'adulte. L'autre te regarde, elle est impressionnée. C'est ce que tu voulais. Il faut qu'elle le sache, il faut que tout le monde, tout le monde et surtout toi, y croit : les garçons, tu adores ça.

Jeune demoiselle recherche un mec mortel
Donc si t'as les critères, babe, laisse-moi ton e-mail !

Tu parles toujours de garçons. Tu dis « mec » d'un air provoc, histoire que tes copines comprennent bien que tu sais de quoi tu parles. Tu dévores chaque conseil dans les Biba *que tu achètes pour lire au bord de la rivière, l'été. Comment les séduire, comment les baiser.*

Dans Biba, *les garçons s'appellent des Jules. Je te vois, les fesses bronzées dans ton maillot de bain blanc taille 14 ans, certaine que quelque part ton Jules t'attend. L'été est passé à l'imaginer.*

Jeune demoiselle recherche un mec mortel
Donc si t'as les critères, babe, laisse-moi ton e-mail !

Tu as des certitudes : pour le trouver, il faut des gros seins. Alors, dans les creux de tes soutien-gorge, tu roules des chaussettes Artengo, celles de sport rebondies qui te font un décolleté plongeant. Tu tires ton tee-shirt, et tu les regardes mater. En te déposant à l'école, ta mère fronce le nez. C'est ce que tu voulais. Il faut qu'elle le sache, il faut que tout le monde, tout le monde et surtout toi, y croit : les garçons, tu adores ça.

Jeune demoiselle recherche un mec mortel
Donc si t'as les critères, babe, laisse-moi ton e-mail !

Le mercredi après-midi, écroulée de rire sur le canapé entre ta mère et ta sœur, tu regardes le dernier James Bond, ou Coup de foudre à Notting Hill *pour la millième fois. Après, vous tournez les pages de l'album de mariage. Ta mère comme une vedette et son chignon banane de star de cinéma. Ton père si beau, si jeune, si amoureux. Leur comédie romantique à eux. Toutes les trois, vous soupirez d'aise. On se raconte la fontaine de champagne, le tissu de la robe achetée dans un grand magasin à Paris. Ton cœur pétille d'envie.*

Tu t'en fais le serment : ton mec à toi, il sera classe comme James Bond, maladroit comme Hugh Grant, brun comme ton père. Et quand tu l'épouseras, il y aura de la soie sauvage de Paris et une fontaine de champagne à minuit. Tu l'auras, ton conte de fée, ton Jules à toi ! Il faut que tu le saches, il faut que tout le monde, tout le monde et surtout toi, y croit : ce garçon-là, tu l'adoreras.

Jeune demoiselle recherche un mec mortel
Donc si t'as les critères, babe, laisse-moi ton e-mail !

Je te vois petite fille, treize printemps quatorze étés, dévorer des carambars un soir d'anniversaire, nichée aux creux des oreillers et des bras de tes amies en pyjama. Je te vois, le corps tremblant, proposer des massages pour toucher leurs corps à elles, leur peau de filles à elles. Je vois le vertige quand elles acceptent, la peau des filles le parfum de la peau des filles la douceur les odeurs de sueur légères et acides, les odeurs familières de marées de leurs sexes comme le tien. Je vois ton vertige, petite fille. Et je vois dans le creux de ta poitrine la question serrée enterrée :

Aiment-elles ça autant que j'aime ça, moi ?

Je te vois petite fille, quatorze printemps et quinze été, ton gros Dico des filles *offert à Noël, ouvert sur tes genoux, tes genoux qui tremblent au rythme angoissé de tes tempes, je vois ta panique et le soulagement quand tu lis soudain que cela arrive à ton âge d'avoir envie d'embrasser une amie, que les grattements dans le ventre là tout au fond pour la peau des copines, ça a un nom, que cela s'appelle une Amitié Fusionnelle, que dans le fond c'est normal. Que ça passera.*

Je te vois petite fille, quinze printemps seize étés, assise le cœur au bord des lèvres sur le petit lit blanc de l'infirmerie. Ça ne passe pas. Les garçons ne passent pas en toi. Ce coup-ci, c'est Aurèle que tu as largué. Après, tu as couru te réfugier ici. Tout à l'heure, tu riras, tu diras à tes amies qu'il t'a lassée, que c'était un gamin, que tu voulais quelqu'un de plus… De moins… Elles te regarderont, impressionnées. Une croqueuse d'hommes. Les garçons disent « salope ». Ça te réjouit. Tu es la salope la plus appliquée du lycée. C'est loin du conte de fée dont tu rêvais, mais c'est déjà mieux que rien. Si seulement tu pouvais arracher ce petit bout de toi qui te donne la nausée, qui te donne envie de vomir quand Aurèle t'attrape par les reins. Tu voudrais tant, tu essayes tellement…

Tu fermes les yeux. Tu paniques. Tu ne veux pas lire l'écriteau affiché devant toi.

« Tu es homosexuel ? Il faut se protéger ! »

L'homosexualité, avec ses x et ses h et ses t, ça sonne comme une maladie. Ça vient avec des maladies pleines de s et de t aussi, tu l'as appris en SVT. De toute façon, c'est pour les garçons. Les filles homosexuelles, ça n'existe pas. Non? Et puis ça ne te concerne pas, ça ne peut pas te concerner.

La preuve: tu roules des pelles aux plus jolis garçons, l'été et au lycée!

La preuve, tout le monde le sait, tout le monde et surtout toi, y croit: les garçons, tu adores ça!

Petite fille, ouvre la fenêtre, laisse entrer ce vent léger dans l'air vicié de l'infirmerie. Laisse-le rafraîchir tes tempes, sécher tes larmes. Laisse-le te raconter une histoire:

Il y aura un soir ce tapis rouge, et les basses encore sourdes, et des filles, des filles partout, pleines de paillettes. Dans ta poche, tu auras un billet et le cœur plein d'espoir. Tu auras un peu vieilli, petite fille, tu auras laissé tomber l'eyeliner et les talons hauts, mais tu auras le même cœur battant, le même air décidé. Il y aura là, juste à côté de toi, deux filles qui s'embrassent sur les lèvres au bord de la soirée, là où on sent encore un peu le froid du dehors, l'haleine de Paris. Il sera un peu plus de vingt-trois heures, bientôt minuit, et ce seront tes premières, tes premières filles qui s'embrassent, en vrai, devant toi, et qui ne sont pas toi.

Crois-moi. Tu n'es pas seule, petite fille.

Laisse-moi te prendre dans mes bras. Laisse-moi te regarder, te dire comme tu es belle, comme je suis fière de toi. Laisse-moi serrer contre mon grand cœur ton petit cœur cassé.

Laisse-moi te consoler : sais-tu seulement comme tu seras heureuse ?

LETTRE À L'ADULTE QUE JE SERAI

LAURA ASARO

Chère Laura,

Qu'est-ce que le temps, franchement ? J'y pense souvent. Je me demande si, après toutes ces années, tu y penses toujours, toi aussi. Ces vingt années à venir me paraissent si longues et si courtes à la fois. J'espère qu'elles étaient amusantes et enrichissantes.

Honnêtement, toi et moi, nous le savons, nous sommes une personne très peu sociable et renfermée aussi. Mais j'ai été surprise de voir à quel point nous sommes devenue souriante et vivante.

C'est la première fois, en vingt ans d'existence, que je m'exprime autant, donc j'ai peur d'avoir fait beaucoup d'erreurs ou de t'avoir déçue, si c'est le cas sache que ce n'était certainement pas intentionnel.

Mais tu sais, Laura, je pense que les souvenirs que j'ai laissés pour toi sont importants. Je ne pense pas qu'il y ait quelque chose que tu devrais changer ou oublier à ce sujet. Tu sais, je pense toujours à ces mots que j'ai écrits sur ce papier et je sais aussi que c'est à cause de ça que j'ai fichu en l'air ta vie.

Ne m'en veux pas trop même si c'est difficile et que rien ne t'y oblige. Je te demande juste d'avancer comme nous l'avons toujours fait.

Même maintenant, chaque fois que j'ai envie d'arrêter de dessiner, je pense à toi et je me dis que, si j'arrête maintenant, qui continuera à faire vivre mon rêve ? Je voudrais juste que tu me promettes de continuer et de ne pas arrêter. C'est la meilleure décision de ma vie, la seule.

J'ai voulu vraiment te délivrer tout ce que j'ai en moi dans cette lettre, même si mes mots ont l'air d'un dessin d'enfant. Je te remercie beaucoup d'avoir pris le temps de la lire.

Bonne chance à toi, essaie de devenir de plus en plus heureuse chaque jour, même si c'est impossible de l'être tout le temps.

Merci et au revoir.

LETTRE À L'ADO QUE J'ÉTAIS

BERTHET ONE

BREF, LET'S GO!
MON CHER BERTHET JE SUIS UN PEU AU COURANT DE CE QUI TROTTE DANS TA TÊTE EN CE MOMENT.
JE CONNAIS TES RÊVES ET TES AMBITIONS ET JE VOUDRAIS TE DIRE QUE TU ES DANS LE VRAI.
SCRITCH SCRITCH
SI TON RÊVE EST D'ÉVOLUER DANS LE MILIEU ARTISTIQUE ALORS VAS-Y... FONCE!
N'ÉCOUTE SURTOUT PAS CETTE CONSEILLÈRE D'ORIENTATION QUI TE DIT QUE "L'ART, N'EST PAS POUR LES GENS COMME TOI."

J'AIMERAIS, AU CONTRAIRE TE DIRE QUE LE JEUNE QUE TU ES A UN TAS DE CHOSES À EXPRIMER...
...À APPRENDRE AU MONDE ... À DÉNONCER.
PEUT-ÊTRE SUR PAPIER, SOUS FORMAT BD... MAIS AUSSI EN STREET ART, SUR LES MURS DE LA VILLE.
JE N'AI NUL DOUTE SUR LE FAIT QUE TON CÔTÉ AUDACIEUX BRISERA LES CODES...
...ET TE PERMETTRA, À TOI, JEUNE ISSU DES QUARTIERS, D'ASSOCIER TON NOM À CEUX DES PLUS GRANDS ARTISTES CONTEMPORAINS.
YES.

AUSSI, SI J'AVAIS UN CONSEIL À TE DONNER C'EST : FAIS-TOI CONFIANCE, ET TRAVAILLE FORT...
CROIS-MOI !
...ET TU VERRAS...

LE PLUS BEAU EST À VENIR.

LETTRE À L'ADULTE QUE JE SERAI

EULALIE V

Eulalie ma chère Eulalie, je n'ai qu'une seule question à te poser :

Est-ce que tu as lâché ?

Lâché cette corde que tu tenais si fort.

Cette corde qui te disait de ne pas essayer, de ne pas tenter, de ne pas t'aimer.

As-tu trouvé cette bienveillance ?

Quand tu étais ado tu rêvais d'être dans la nature.

Enfin là apaisée, enfin là à respirer vraiment, pas cet air polluant, un air pur, un vrai.

As-tu lâché cette autodestruction, reconnais-tu enfin ton potentiel ?

Vois-tu comme tu peux t'émerveiller d'absolument tout ?

Je sais que tu sens encore des choses incroyables dans ton corps.

Ces émotions magnifiques dès que tu vois des lumières, des ombres virevoltantes, le ciel.

La plus belle chose du monde pour toi était le soleil qui passait à travers les arbres.

C'était tellement beau, tellement poétique.
Feuille par feuille il était dans tous les recoins, c'était comme une danse.

Les arbres que tu chéris tant, qui sont à peu près ta raison de vivre. Tu arrives à sentir leur énergie profonde et bienveillante rien qu'en les enlaçant. Eux, ils te comprennent, tes chers frères, tes compagnons, tes Adelphes. Tu espères vivre avec eux, pour toujours.

Je sais que tu as encore cette force de résilience, elle a toujours été en toi.

Vibres-tu encore pour les mêmes films ?
As-tu trouvé quelqu'un qui a le même humour que toi ? Tu disais en rigolant que ça allait être ton âme sœur.
Est-ce que tu as joué dans cette pièce dramatique dont tu rêvais tant ?

Je me souviens que tes problèmes de colère te faisaient beaucoup souffrir. Tu ne comprenais pas ce qui bouillonnait en toi. Tu rêvais d'un jour tout extérioriser sur un terrain vague. C'est un peu étrange mais tu sentais que ça aurait pu te libérer.

[...]

Je sais que tes problèmes d'attention font toujours des leurs. T'arrives à t'organiser ? Je suis sûre que oui. J'espère que t'as pas cassé un truc important !

Ressens-tu cette délivrance que tu voulais tant ? Celle d'être un adulte épanoui. Mais tu sais quoi, si c'est pas le cas, c'est pas grave, c'est normal.

Plante-toi.

Réessaie, encore une fois !

Surtout souviens-toi que tu viens de loin, là où tout te semble insurmontable.

Là où tout n'est qu'angoisse.

Note au fur et à mesure tous les progrès que tu as faits.

Parce que oui, il y en a.

Tu en as fait plein.

N'oublie pas cette phrase de ton père qui avait résonné en toi, qui t'avait réchauffé le cœur :

« Quand tu oses tu es irrésistible. »

Eulalie V

LETTRE À L'ADO QUE J'ÉTAIS

CLAIRE POMMET

Chère moi,

Je t'écris depuis l'an 2022, c'est la fin du mois de mars, je suis au Québec et le printemps tarde à venir nous dire bonjour. La neige fond, laissant découvrir la terre malmenée des cinq derniers mois, puis se redépose sur le sol, sur les arbres, sur les voitures, et j'ai l'impression qu'on ne sortira jamais de l'hiver, malgré les efforts de patience et de sagesse que tout le monde semble faire ici.

Si tu avais su qu'en 2022, à 25 ans, tu serais ici à Montréal souvent, sous la neige et dans les forêts, je crois que tu aurais été heureuse. Je suis bien ici au Québec où se côtoient toutes les choses que tu préférais : la nature, la musique douce, les champignons, la magie, le soleil, l'été, les chiens par milliers, et puis le calme.

Les artistes québécois que tu aimais en secret, que personne ne connaissait au lycée, dont tu parlais autour de toi sans trouver la petite flamme dans leurs yeux, tu les as rencontrés et certains sont même devenus tes amis. Tu as d'ailleurs rencontré tout un tas d'humains incroyables sur la route et écarté ceux et celles qui brisaient ton cœur, après moult remises en question.

Les ami·e·s qui restent se comptent sur les doigts de la main, mais ils et elles sont l'un des fondements de ma joie et de ma foi en demain.

Beaucoup d'autres choses absolument incroyables sont arrivées dans les dix dernières années, tu as réalisé pratiquement tous tes rêves, si bien qu'aujourd'hui je m'applique à en trouver des nouveaux, aussi beaux, aussi merveilleux et doux que ceux que tu avais alors. Je sais que les rêves étaient l'une de tes raisons de vivre, alors je ne veux surtout pas les perdre. Je me force, en fait non, je n'ai pas à me forcer beaucoup parce que je rêve toujours autant, si ce n'est plus qu'à ton époque.

Après le lycée, je sais maintenant avec le recul que tu as vécu une période difficile, de longues années de perte de confiance en toi, d'anorexie cachée, de questionnements et d'enfermement à l'intérieur de toi-même. J'ai découvert, il y a peu de temps, les conséquences de certains événements traumatisants que je range maintenant dans des tiroirs, tiroirs que j'ouvre et ferme quand j'en ressens le besoin.

Tu verras, boire de l'alcool te fera rire quelques mois et te dégoûtera rapidement.

Si je pouvais, je voudrais un instant, un tout petit instant, pour serrer dans mes bras ton corps minuscule et brisé de l'année 2014-2015, parce que tu t'en rends pas compte, toi, mais tu es complètement brisée et tu te fais croire que tu peux affronter ça seule, tu comprends même pas ce qui cloche. Tu veux toujours croire que tu n'as besoin de personne.

Bon, ça, malheureusement, ça n'a pas trop changé.

Mais maintenant, j'apprends à me respecter, à accepter les limites de ce que mon corps et ma tête peuvent faire, j'essaie en tout cas. Le perfectionnisme qui te détruisait habite encore quelque part dans mon ventre, mais je sais lui dire de se calmer, de fermer sa grande bouche et de dormir quand j'en ai marre.

Je mentirais si je te disais que mon rapport à la nourriture est complètement sain maintenant, mais je peux te dire que j'aime manger, plus que jamais, et que je me trouve belle. Ça fait pas longtemps, c'est fragile. Et puis ça dépend toujours des périodes, mais je me trouve belle à l'intérieur et ça, c'est la première étape, je crois.

J'ai toujours à cœur de prendre soin de la planète du mieux que je peux, je sais que ça t'importait, alors sache que je fais imprimer tous mes albums sur du papier recyclé depuis 2019, quand j'ai sorti le deuxième, Les Failles. *Grâce à ma détermination, mon label, Universal, a décidé que le papier recyclé serait obligatoire pour imprimer tous les albums des artistes de la maison.*

Je suis vraiment très fière de ça et j'espère que tu le serais aussi.

J'ai aussi fait construire un potager dans la cour intérieure du label, un grand potager qui regorge de tomates, aromates, courgettes, courges. On l'a inauguré en 2021 avec une école d'horticulture. J'ai planté moi-même tout un tas de choses, et maintenant, plein de gens du label s'en occupent. J'y suis allée tout l'été, les lundis soir. Tu l'as eu, ton potager géant. En janvier, on a planté des pommiers de 300 ans qui seront encore là pour les adolescent·e·s de l'an 2300 si tout va bien, et ça me rassure. Bref, peut-être que tu te fiches de tous ces détails, mais je réalise en t'écrivant que ce ne sont pas des victoires que je partage sur Instagram ou Facebook et ça me fait du bien de te les dire à toi.

Il y a tellement d'autres choses contre lesquelles j'essaie de me battre : le sexisme, le racisme, les inégalités et la discrimination, mais pour être totalement transparente avec toi, je me sens dépassée par tout ce qui va mal en 2022.

Depuis le lycée Saint-Exupéry, on a assisté (collectivement) à beaucoup de choses très laides dans le monde, comme des attentats, des guerres, des catastrophes naturelles, une pandémie, et d'autres choses terribles qui te feraient de la peine. Alors, parfois, c'est dur d'être sur tous les fronts, mais j'essaie de faire de mon mieux.

Je te rassure, il y a aussi eu de belles choses tout au long du chemin.

Tu sais, cette sensation que tu avais d'être complètement anormale, que personne ne te comprenait, ben, j'en ai fait une force. J'en ai fait des chansons, des albums entiers qui m'ont, je crois, sauvé la peau.

Les albums en eux-mêmes n'ont pas sauvé ma vie, mais le fait de mettre toutes les choses de moi que tu détestais dedans : l'anxiété, la peur de la mort, du regard des autres, ça, ça m'a sauvée.

Je dois aussi te dire une chose importante : je suis tombée amoureuse, peu de temps après le lycée, deux ans après. D'une fille. Oui, voilà, peut-être que ça te choque. Mais en fait, c'était la chose la plus naturelle qui me soit arrivée, la plus belle et douce, la plus merveilleuse. J'aurais aimé pouvoir te chuchoter ça à l'oreille au lycée : « Tu as le droit d'aimer les filles, tu as le droit et c'est normal. » Ça t'aurait évité pas mal de douleur dans la poitrine, de chagrin, de tristesse et j'en passe.

Au final, j'ai tellement aimé les années que j'ai vécues dans ton corps que je ne changerais rien, à part peut-être un petit câlin de temps en temps et un secret sur la suite qui pourrait t'aider à te regarder avec plus de douceur.

Dans tous les cas, je crois que je suis celle que tu voulais devenir, peut-être même en un peu mieux.

Et puis c'est pas fini,

À bientôt,

Claire

LETTRE ANONYME

Bonjour Toi,

Les débuts sont toujours les plus difficiles. Ils sont les plus difficiles parce qu'il n'y a pas de début sans fin. Et les au revoir ont toujours été douloureux pour toi. Même si tu es grande maintenant, tourner une page pour ouvrir un nouveau chapitre peut être effrayant quand on aime le contrôle mais qu'on n'a aucune idée de ce qu'il va se passer. Mais apprends à l'accepter, ce dernier geste, à le faire avec le sourire. Souris par anticipation aux nouvelles aventures dans lesquelles tu vas t'embarquer, aux nouvelles personnes que tu vas rencontrer. Et ne reviens pas sur le chapitre d'avant, il est déjà passé. Garde-le juste en tête pour éviter les mêmes erreurs. Les erreurs, d'ailleurs, tu en as fait beaucoup, et tu en feras encore plein d'autres. Mais, au lieu de les regarder et ne voir qu'elles, regarde où elles t'ont amenée.

Arrête-toi quelque temps, où que tu sois, et observe. Est-ce que tu es dans une bibliothèque ? Écoute le silence, le calme. Respire l'odeur des livres. Es-tu plutôt dehors dans l'herbe ? Sens-la sous tes pieds, et les rayons du soleil qui réchauffent ta peau. Mais peut-être que tu n'es ni dehors ni dans une bibliothèque. Alors, juste, regarde et apprécie, là où tes erreurs t'ont portée. Et sois fière de toi. Apprécie-toi, complimente-toi ! Parce que les gens ne le feront jamais à ta place. Arrête de trop penser aux choses inutiles et de perdre ton temps. Tu te concentres tellement sur elles que tu ne vois plus qu'elles, et que tu oublies ce qui t'entoure. Oublie ce que les gens pensent de toi, de ce que tu fais, oublie ce que tu as déjà fait et qui n'était pas bien.

Ne te concentre pas trop quand même, pour ne pas t'oublier, toi. Pense à prendre le temps de t'arrêter, de respirer et d'apprécier où tu es déjà arrivée. Prends ce temps-là pour te découvrir, toi, ce que tu aimes ou pas, découvrir tes émotions. Accepte-les, tes émotions, elles font partie de toi. Apprends à les connaître et les reconnaître. Mais ne les bride pas, elles te porteront loin. Ce sont elles qui te porteront quand tu n'auras plus rien d'autre. Alors, sois-en fière. Prends ce temps-là aussi pour découvrir les autres, ceux que tu oublies peut-être un peu trop quand tu te concentres. Découvre ce qu'ils aiment et n'aiment pas. Apprécie aussi d'être là avec toi, maintenant. Mais bientôt ce sera le moment de te dire au revoir, et je déteste toujours autant ça. Alors ce sera court : n'oublie pas d'être fière de toi où que tu sois !

À bientôt.

LETTRE À L'ADO QUE J'ÉTAIS

MARIA POURCHET

Ma lycéenne,

Je t'ai encore trouvée tapie derrière le réfectoire, trop vêtue et cernée, attendant on ne sait quoi avachie sur le socle d'une vierge en granit, priant tout à la fois pour qu'on t'y trouve et qu'on t'y laisse, les yeux dépassant à peine d'un amas confus de treillis, de foulards palestiniens, de Doc Martens, de khôl sans précaution et de jeans de ton frère. Tu t'entraînes à ne pas entendre la sonnerie qui, toutes les heures, catastrophe cet ancien couvent sans autres dieux désormais que les joueurs de hockey, les gosses de riches et quelques blondes.

Ça va ?

Bien sûr que non.

Tu souffres un martyre si ancien qu'il n'a pas de nom et les mots pour dire ce que tu as, tu les cherches toute la nuit d'où ta gueule, comme « on » dit chez toi, de décavée. Ma lycéenne, cette douleur lancinante et stupéfaite s'appelle ainsi : n'être pas à sa place, en être certaine jusqu'au délire, certaine qu'elle n'existera nulle part, jamais. Nulle part d'où parler, nulle part d'où se vanter venir, nulle part d'où faire partir la flèche, nulle part à rêver, en dehors du local où tu espères vaguement te faire sauter par l'un des dieux plus tard en Terminale. C'est quelque chose entre l'orgueil, la haine de soi et la détresse, c'est répandu ai-je appris, sinon documenté. Peu en meurent et beaucoup en font des livres.

Bonne nouvelle, ça va passer.

Mais où vas-tu tandis que sonne la reprise des cours ? Tu t'éloignes à l'opposé des salles de classe où tu n'apprendras pas l'anglais, l'anglais c'est pour ceux qui voyagent et toi tu sèches dans tous les sens du terme. Sur la toile de ton sac, dans ton dos, enfant de peu d'espoir, tu as pourtant écrit au typex Deviens ce que tu es *afin que l'on te pardonne de n'être rien. Pour dire aux autres qu'au fond tu travailles, que tu gagneras à être connue. Je t'aime plus encore que tu ne me désoles.*

Tu sais, je viens souvent remonter dans mes rêves les couloirs de ce morne lycée où se fabriquaient les hontes que j'ai depuis défaites, ou presque. Je vois le mur et la vierge en granit, la grille sur rue et les dieux en rang fumer des clopes et regarder devant. C'est un rêve en automne et je te, enfin je nous vois, encore aujourd'hui, apprendre par cœur les nouveaux rois, les présidents, les footballeurs, bouclées à vie. Je me réveille et me promets de t'écrire, qu'on en finisse.

Je t'écris, ma lycéenne.

Tu regardes les heures et les gens jusqu'à la brûlure et personne ne t'atteint à travers l'amas de treillis, de T-shirts sous-taillés, de pseudo-chaussures de combat, de rouge, de noir. Il te semble parfois que ta peau troue, je sais, à force, d'attendre et d'interdire. Tu l'entends sécher et rétrécir. Tu viens de lire La Peau de chagrin *en cours et dans l'orgueil et la détresse des déplacés, tu te dis que toi tu as compris et pas eux :* La Peau de chagrin, *c'est l'histoire d'un corps de jeune fille qui, faute de caresses, diminue, diminue, diminue et qui à la fin crève et disparaît. On a beau chercher la peau de fille dans le XIXe siècle mais plus rien, que dalle, trop tard. C'est l'année où la prof te déteste, elle t'a mis 6.*

Donc ta peau tu la remplaces toute l'année par l'amas de treillis, de keffiehs et de fards Prisunic, sauf en août, quand tu la détestes à découvert. « On », ceux qui prostituent le français H24 en formules, dit que tu es mal dans ta peau c'est tout, et comme d'habitude si l'on savait à quel point c'est vrai, si nerveusement vrai que ça pourrait saigner ou faire des éclairs à la surface si la douleur se voyait, on n'en aurait peut-être un peu moins rien à foutre. On te demanderait si on peut t'aider. Te toucher.

Écoute bien, ma lycéenne. Ta peau c'est la chance de ta vie, ton scandale. L'endroit que tu cherches, celui d'où appeler, d'où vivre, c'est elle. Tu vas la trouver mais plus tard car la joie en réalité est une passion d'adulte. Tu n'en reviendras pas d'avoir avec toi depuis toujours, sous l'amas de treillis et de carreaux contestataires, le tambour pour appeler et répondre et tu diras : Si j'avais su. Si tu avais su quoi ? Il sera encore temps d'aimer les hommes, sans condition, sans morale. La vie est longue à partir de 1995.

Ma lycéenne, respire, je t'en supplie. L'étendue de ta douleur aujourd'hui me fascine et pourtant je dois croire qu'elle m'a appartenu. D'où l'apportais-tu ? De quel ventre noir ? Ta mère, ta tête, l'Église, ou la nuit des temps ? Tu as dit à ton frère, celui qui part, qu'il n'y aura jamais assez de livres pour tenir, que tu n'auras pas même la force mécanique de mener le combat qu'on mène pour finir comme ses parents ou comme ici, dans les montagnes, finissent les saisons. Soit trop vite, soit jamais. Et tu cherches comment te tirer complètement, sans salir la moquette ni éclabousser le papier peint blanc et rose que tu viens déjà de bousiller en écrivant dessus au stylo plume nos destins ténébreux vont sous des lois immenses que rien ne déconcerte et que rien n'attendrit, Victor Hugo.

C'est faux. Ton destin aberrant est de décrire les ténèbres de loin, comme un souvenir.

En attendant tu manges en cachette, beaucoup de pain, des gâteaux, « on » dit un morfal, mais c'est pas vrai, ma lycéenne. Tu manges pour te taire, t'occuper les mains, les lèvres et le ventre. Tu manges comme si c'était un garçon et moi je te pardonne.

Mamie pense que c'est un comble, être si triste à 15 ans quand on est mince, scolarisée, qu'on n'a pas faim, dans une démocratie abolitionniste. Tu penses qu'elle a raison, que le problème c'est toi. Mais non tu te plantes. Tu pourras bientôt lui répondre que la faim est ta personnalité et que l'Europe de 1995 n'a de démocratique que la promesse, t'as qu'à voir. Enfin non, tu ne pourras pas. Elle sera morte tandis que toi tu mèneras ta faim quelque part.

Il faut que tu m'entendes, le temps est un rond, tu dois être tout près. Approche car voici l'essentiel et de quoi tenir les temps suicidaires : tu seras ce que tu as dit à 7 ans, quand tu disais écrivain *avant d'oublier ou d'obéir. Ce que tu ne cherches plus dans l'amas de treillis, d'orgueil, de détresse et de mauvaises notes te cherche encore, te cherche aussi, sans relâche. Et un jour, de même que tu retourneras ta peau du côté où l'on jouit, tu passeras du côté de la langue qui peut se faire entendre. Tu comprends ? Tu auras de ces vies-là, formées dans la certitude absolue de l'enfance, et cousues main.*

Tu ne me crois pas ? C'est normal. Tu ne crois que ta mère et ça explique tout.

Bien sûr ce sera long. Tu passeras par des sommeils blancs, des sorties de rails, des forêts, des bras incapables et des clans impuissants, mais je suis là, penchée au bord du cercle du temps rond et je te crie que ça vient. Il y aura toujours des vertiges, mais de moins en moins d'effroi, et puis l'amour, les autres, l'art, des alliances et des familles, des secrets beaux comme des jardins, la ville, des joies éclatantes, des vitres brisées, je te promets. Alors pose cette corde, tu n'es pas crédible une seconde et tu ne saurais pas faire le nœud.

Je n'ai rien à t'ordonner, c'est toi qui commences et toi qui conduis. En 1995 ton rythme n'est ni de prendre ni de rire. Tu lis et tu attends qu'un miracle corrige l'erreur de ta naissance. Apprends au moins qu'il n'y a pas d'erreur et probablement personne à accuser. Je crois que nous choisissons à l'aube où tomber et comment nous recevoir et dans ma religion désordonnée je pense encore que nous n'endurons rien d'autre que les effets de nos choix. Mais que les miracles ont lieu.

Ils auront lieu, tu es à ta place.

Patience.

On va bien rigoler.

M.

LETTRE À L'ADULTE QUE JE SERAI

SAMUEL M. K.

Cher Samuel,

J'espère que tu vas bien. Pour ma part, ça va un peu mieux chaque jour... Je t'écris cette lettre pour te parler enfin, et puis pour te donner des conseils, si on peut dire ça.

Je commence, donc, par te demander de calmer ta colère, d'évacuer ta rage car c'est cette émotion qui t'a mis dans beaucoup de beaux draps. La fierté est l'un de tes plus grands défauts, tu en as trop et ça pourrait finir par te tuer !

La rancune, Sam, oui, la rancune ! Beaucoup de gens rentreront dans ta vie et en partiront, ce n'est pas une raison pour les détester ni même pour t'en vouloir, la vie est faite ainsi et il faut savoir l'accepter.

Apprends à dire je t'aime, le montrer ne suffit pas toujours car certaines personnes aiment l'entendre.

On va aussi parler de tes objectifs : reste fixé sur ce point car tu as de l'ambition, du talent, et ne laisse personne te dissuader, aime ce que tu fais et prends plaisir à le faire, seul ou avec les gens que tu aimes.

Ensuite, je te dirai quelque chose que tu sais et que souvent tu répètes aux gens de ton entourage : reste fidèle à toi, à tes principes et aux personnes proches de toi. Tu es une bonne personne qui a souvent fait de mauvais choix, mais ce n'est pas pour autant que tu es quelqu'un de mauvais.

Pour finir, si tu deviens père – tes gosses seront certainement ton portrait craché –, sois là pour eux, fais un mélange de l'éducation que tes parents t'ont donnée et de ce que la vie t'a appris.

Essaie de les comprendre, sois présent. Concernant ta future femme, je lui souhaite bonne chance et qu'elle s'accroche à toi car tu es un homme qui donne l'impression d'être dur mais, au fond, tu as beaucoup d'amour à donner. Reste le même.

Ton ancien toi

LETTRE À L'ADO QUE J'ÉTAIS

BERTRAND PUARD

Bertrand…

Comme c'est curieux de s'adresser à soi-même à travers le temps…

Le plus sûr moyen de te joindre, c'est bien de t'écrire.

Où trouveras-tu donc cette lettre ? À l'époque où j'étais toi, le numérique naissait tout juste. Les réseaux sociaux n'existaient pas, Internet balbutiait et les ordinateurs avaient presque la taille d'une commode ! Je vais donc te l'écrire sur du vrai papier, cette lettre, avec un stylo à encre, c'est plus sûr, eh oui, je suis un vieux dinosaure à présent !

Je sais que La Machine à explorer le temps *est un de tes romans préférés et que tu raffoles des ouvrages où il est question de paradoxes temporels. En voici un rien que pour toi ! Ce n'est pas une supercherie. Il s'agit vraiment de moi, et je t'écris depuis ton avenir. D'ailleurs, pour te prouver que je suis vraiment toi, je vais révéler ici ce que nous sommes les seuls à savoir : ce qui se cache dans le carton beige, couvert de poussière, tout en bas, à gauche, entre l'établi de bricolage et cette étagère où sont entreposés les vieux disques dans la cave de la maison familiale. Ta première machine à écrire. Ta seule et unique, en vérité. Armature grise, touches rouges et blanches. Tu l'avais commandée au père Noël pour tes 6 ans.*

Es-tu désormais convaincu par ce secret qui nous lie toi et moi ?

Pourquoi t'écrire aujourd'hui ? Hors de question pour moi de jouer au devin, cela ne serait pas te rendre service. Ton avenir, je ne l'ai pas lu dans un jeu de tarot ou dans le marc de ce café que tu aimes tant. Non. Je l'ai éprouvé, je l'ai vécu. Les joies comme les peines. Je ne te dirai rien sur ce que sera ta vie dans le futur, sauf peut-être que tu as réussi à faire de ta passion de toujours, l'écriture, ton métier. Je ne te dirai pas si tu partages ta vie avec une âme sœur, si tu as des enfants. T'écrire tout cela, ce serait la meilleure des façons pour toi de tout rater. Il n'y a de destin que celui que l'on se décide à vivre.

Je m'adresse à toi pour tenter de te rassurer car je me souviens bien de cet adolescent tourmenté que j'étais.

Tu t'ennuies en classe ? Ou avec la plupart des garçons et filles de ton âge ? L'ennui est indispensable à la réflexion, transforme-le en un temps pour lire, observer et penser.

Tu te sens cerné d'interdits en tous genres ? Ces interdits qui te font te plaindre sempiternellement sont un mal nécessaire pour ne pas être totalement perdu et inadapté à la société en général. Pour éprouver le frisson de l'interdit, aussi.

Tu doutes de tout, tu t'interroges sur ton avenir, la voie à suivre ? Douter est sain, ça permet de se poser de vraies questions sans avoir jamais de certitudes, car il y a mille réponses possibles.

Des doutes, tu en auras toujours. J'en ai autant maintenant qu'adolescent. C'est juste qu'à présent l'écriture m'apaise un peu.

Et puis je voulais aussi te donner des nouvelles de tes jeunes amis, de mes vieux copains. Ils sont toujours là. Tu pourras compter sur eux dans le futur comme tu peux compter sur eux aujourd'hui...

D'Artagnan, le Mousquetaire, sera perpétuellement à tes côtés pour t'exposer les difficultés à se comporter héroïquement. Edmond Dantès te montrera, lui, que le sentiment de vengeance est à manier avec précaution. Ne crains rien pour ton avenir... Le capitaine Nemo sera toujours là pour te faire remonter de tes vingt mille lieues sous les mers lorsque tu auras visité quelques profondeurs insondables. Arsène Lupin te prendra par la main afin que tu commettes un forfait délicieux qui fera battre ton cœur... Tu pourras encore t'asseoir face à Sherlock Holmes pour faire tourner tes méninges à vive allure. Il te sera toujours possible de toquer à la porte du château de Dracula pour éprouver quelques frissons revigorants. San Antonio continuera à te faire rire avec ses jeux de mots savants. En parcourant les routes en compagnie de Jean Valjean, tu auras toujours cette certitude que le bien et le mal peuvent avoir la même couleur. Si tu as une peine d'amour, poursuis l'écoute des mots pensés par Anna Karénine. Et si tu as toujours envie de te lancer en littérature, fracasse les pavés de Paris en compagnie de Lucien de Rubempré qui, en perdant ses propres illusions, te permettra de t'en éviter beaucoup.

Nos amis de papier. Ont-ils changé ? Oui, lorsque je les rencontre à mon âge, ils tiennent des discours sensiblement différents en utilisant pourtant les mêmes mots qu'auparavant. Ils seront toujours là, à chaque instant de ta vie, pour t'aider à réfléchir, à te construire, et à t'évader aussi.

Grandis, oui, vieillis, puisque tu ne pourras pas l'éviter. Mais garde toujours en toi ta créativité, ta singularité, refuse les foules, les masses, ou ne t'y fraie que de courts instants pour y puiser de l'énergie. Laisse toujours vagabonder ton imagination, ne la place jamais sous l'éteignoir, quelles que soient les difficultés que tu vas rencontrer. L'écriture sera ton baume, elle pansera tes plaies, elle suturera tes blessures. Les mots te guériront sûrement de bien des maux. N'abandonne jamais ton esprit critique, respecte la liberté de l'autre comme tu attends qu'il respecte la tienne et n'hésite jamais à te révolter contre ses interdits idiots édictés par les adultes lorsqu'ils se croient plus sages que toi. Je connais des âmes de 90 ans qui ont moins vécu que d'autres âmes de 20 ans seulement.

Grandis en toute sincérité, Bertrand.

Grandis en toute liberté.

Grandis sans jamais trahir l'adolescent que tu étais.

Bertrand

LETTRE À L'ADULTE QUE JE SERAI

ABI

C'est la deuxième fois que je m'y prends pour t'écrire. Je tiens à ce que tout y soit, et c'est dur, je dirais même impossible. J'ai peur de louper quelque chose, j'ai peur de ne pas saisir l'occasion de réveiller en toi un bout de mon présent, ou de ton passé, comme tu veux. Je me dois de choisir les bons mots, même si, je le sais, tu n'es pas difficile à toucher. Ici, je ne vais pas te demander réellement ce que tu es devenue, puisque de toute évidence je n'aurais pas de réponse de sitôt. Je tiens à te dire mes espoirs, je vais même te donner des conseils et arranger pour cela mes plus beaux mots, tu sais que c'est un don chez nous. Et puis je tiens aussi à te dire ce que j'aimerais être plus tard. Quelque chose d'innocent et de pur, un peu comme une enfant qui rêve, et qui pointe le doigt vers le ciel en criant qu'elle voudra voyager dans l'espace quand elle sera « plus grande ». Plus grande avec des guillemets parce qu'on ne sera jamais assez grand tant qu'on n'aura pas touché les étoiles, et c'est cool, parce que ça signifie qu'on grandit encore toute notre vie, qu'on a toute la vie pour aimer, on a toute la vie pour danser, et toute une vie pour rire à en pleurer.

Alors salut, coucou ?

OK, respire, respire.

Je trouve pas de mot juste pour saluer le moi de 40 ans, ne m'en veux pas, je fais pas ça tous les jours. Soit trop vide, soit trop enfantin, à l'arrache comme on dit. Alors je vais être plus cordiale, et disons que tu vas sûrement mieux apprécier, je le sais, je te connais bien, évidemment.

Aujourd'hui tu as 40 ans et je t'écris avec toute ma tendresse si, comme à cet instant de ma vie tu peines à en trouver, à t'en donner. J'ai beaucoup de choses à te demander, et pour une fois, j'en ai l'occasion sans peser mes mots.

Alors cher père Noël… Nan, je déconne ! Chère moi, pour mes 40 ans je veux :

- *Être heureuse, apprendre à l'être.*
- *Danser sans jamais m'arrêter.*
- *Collectionner des paires de rollers, parce qu'on n'en a jamais assez.*
- *Rire tous les jours de ma vie.*
- *Me souhaiter chaque matin d'être au début d'une journée préférée.*
- *Avoir de l'argent, parce que ce serait con de dormir sous les ponts, tu crois pas ?*
- *Pleurer, être en colère, rire encore, parce que c'est ce qui nous rappelle qu'on est vivant.*
- *Être pleine de tendresse.*
- *Trouver l'amour à l'intérieur de moi.*
- *Tomber et apprendre.*
- *Être fière.*
- *Continuer à m'ouvrir des portes pour avoir le choix dans la vie.*

- *Continuer à parler à cette chose au-dessus de nous sur laquelle on n'a jamais réellement su poser de nom (Dieu, l'Univers, enfin, peu importe, donne-lui le nom que tu veux, parce que j'y crois).*

La liste est encore longue, tellement. J'ai laissé quelque part, avec l'espoir que rien ne se perde, une quantité monstrueuse de mots, de notes, de photos et de vidéos de ma vie. J'ai toujours mon téléphone dans la poche, parce que, des souvenirs, on n'en a jamais assez. J'ai un peu cette mentalité de vieux qui dit : « Tu verras, dans quarante ans tu seras contente de les voir, ces photos. » Et t'y voilà, ma poule, alors, contente ? Fouille, et trouve-les, complète-les même, écris au nous de 60 piges, on va rire. Gribouille, chiffonne et recommence.

Je veux te parler de papa. Tu as gardé le caractère de papa. Ce n'est pas une question parce que je n'ai pas envie d'envisager la possibilité que ça en soit une, tu es comme papa, et il est fier de toi. Je chante encore dans la voiture le vendredi soir lorsqu'il vient me chercher, je continue à chausser mes patins à roulettes et à les laisser me faire pousser des ailes. À mon âge, t'étais comme désynchronisée du reste du monde, tu voulais même vieillir d'une certaine façon, changer le temps, le déformer comme le disait papa, « l'espace c'est le temps, l'espace est déformé ».

Je te vois, toi, j'imagine ce que tu es, ou plutôt ce que je suis devenue. Je ne vois pas de maison, pas de visage, mais une paix intérieure, une souffrance que tu apprends à écouter. Je vois une adulte accomplie, qui n'oublie jamais de se rappeler qu'elle fait de son mieux quoi qu'il arrive. Une femme qui marche la tête haute, qui ne baisse pas les yeux, même pleins de larmes. Mets-toi au centre de ta vie, et avance (celle-là était un peu cliché j'avoue, tu peux te regarder dans un miroir et me rire au nez si tu me trouves au fond de tes yeux). J'espère que tu as accompli cette grande chose dont il parlait. Deviens la personne qu'il a dit qu'il verrait à la télé. Mon meilleur ami.

Je suis sûre que tu continues de sourire aux inconnus dans la rue, parce que ça te fait du bien et que tu aimes aller vers les gens. Continue d'être émue, et ne cache pas cette partie de toi qui aime les autres.

Je suis tout aussi sûre que tu as gardé cette façon si singulière d'aimer, et de ne pas choisir la rancune, mais le pardon. Pardonne, pardonne pour toi, et continue de te lever le matin en dansant, continue de rire aux éclats, de rayonner, et de ne pas avoir peur d'être seule.

Je m'en fous de si tu as fait les bons choix. En réalité, dis « putain ! ». Envoie la vie se faire foutre parce qu'elle n'est pas commode, souvent, et tu le sais mieux que personne.

J'aurais pu arranger cette lettre, mais là aussi tu seras indulgente, et je pense que tu as assez pleuré, va te chercher un mouchoir, et souris.

Suis ton cœur et ne laisse personne te dire qu'il est trop gros.

Je t'aime,

Abi

LETTRE À L'ADO QUE J'ÉTAIS

AMÉLIE SARN

Tu es si jeune et tu ne le sais pas.

Le monde est là devant toi et il t'appartient tout entier.

Au cours de ta vie, à plusieurs reprises, il t'échappera. Mais peu importe.

Vous êtes aujourd'hui face à face, à vous regarder, le monde et toi. Tu le comprends, tu le sens, pas parce que tu as de l'expérience, tu n'en as pas, mais parce que tu en fais partie, parce que tes tripes sont ce monde devant toi.

Au cours de ta vie, à plusieurs reprises, tu te rendras compte que le monde est bien plus vaste que tes tripes et que, pourtant, elles le contiennent tout entier.

Je te regarde, toi qui n'existes plus, avec tendresse. Toi, tu es en colère. Une belle colère. Mon premier mouvement est de vouloir t'apaiser, mais je ne le ferai pas. Elle est belle ta colère, elle te portera.

Je voudrais te dire tant de choses, te prévenir, te protéger. Mais je ne le ferai pas.

Tu es forte, tu te sens forte, tu ne te sentiras peut-être plus jamais aussi forte. Et c'est étrange, car tu es si frêle. Sauf que tu ne le sais pas.

Au cours de ta vie, à plusieurs reprises, ta fragilité t'envahira. Elle prendra de plus en plus de place, tu la combattras, elle t'empêchera parfois d'avancer et même de te lever. C'est comme ça.

Mais cette force que tu sens en toi, ne l'oublie pas car elle sera toujours là. Tu retourneras souvent t'y baigner comme on se baigne dans une rivière pour se laver en laissant le courant filer de chaque côté.

Pourtant, je vais quand même murmurer quelques mots à ton oreille :

Certains livres, tu verras, changeront ta vie. Garde-les près de toi et relis-les quand le moment viendra. Ce moment, tu le reconnaîtras. Chacun de ces livres sera différent, chacun fera écho en toi, résonnera, racontera une année, une seconde ou mille ans de ta vie. Chacun de ces livres t'éclairera.

Apprends à aimer le silence et à entendre les poètes, tous ceux que tu croiseras.

Reste dans la vie, ne renie pas tes engagements, continue de penser, de douter, d'avancer. N'écoute pas ceux qui prétendent : « Quand tu seras adulte, tu comprendras », ils essaient seulement de te faire baisser les bras. Comme eux, l'expérience, tu l'auras, sers-t'en comme d'un souffle pour attiser les braises de tes combats.

Ne crois pas non plus ceux qui te répètent que la vie est courte. La vie est longue et, crois-moi, tu en vivras plus d'une.

Écris sans te poser de questions et sans rien t'interdire. Décris ce qui est beau, ce qui est laid, fais de la mosaïque de la vie un album photo que tu pourras feuilleter. Écris, même quand tu crois que c'est inutile. Écris, invente ce qui existe et ce qui n'existe pas. Écris, les yeux ouverts, les yeux fermés, ce sera ta façon d'appréhender le monde, d'y entrer aussi bien que d'en sortir. Écris, tous ces mondes peupleront tes solitudes de joie.

À présent, je vais murmurer encore plus près de ton oreille, car ces prochains mots sont une mise en garde dont je sais que tu ne la suivras pas : méfie-toi des hommes, de ceux qui te sourient et te prennent par le bras, de ceux qui prétendent t'admirer pour mieux te posséder, de ceux qui posent sur toi un regard noir pour te faire sentir toute petite, de ceux qui élèvent la voix, de ceux qui ont besoin de se sentir forts, de ceux qui ne regardent qu'eux en te regardant toi. Méfie-toi de ces hommes-là.

Mais surtout, méfie-toi des hommes tout en continuant d'aimer les humains.

Je prends ta main dans la mienne pour te donner ma bienveillance, tu es belle. Je prends ta main dans la mienne pour prendre un peu de ta force.

Merci.

LETTRE À L'ADULTE QUE JE SERAI

PILOT

Cette lettre est pour mon futur, qu'importe celui qui la recevra, mon moi dans une minute, celui dans vingt ans ou peut-être ce chanceux qui aura un jour 100 ans. Ce qui nous lie concrètement, ce sont les trois ou quatre cellules dans nos corps pas encore remplacées et l'encre couchée sur ce papier qui sont mes pensées et tes souvenirs.

Dis-moi, c'est quoi le goût des lèvres ?

Y a-t-il une fin à toute cette haine ?

Ta mère a-t-elle la vie qu'elle mérite ?

Et ton père ? Il a réussi avec Judith à Bergerac ? Surtout, est-il encore là pour te rassurer ?

La lettre arrive peut-être au moment où tu apprendras la mauvaise nouvelle. Est-ce qu'on reçoit un coup de couteau dans le ventre comme on le lit dans les livres ?

Parce qu'ils disent que, lorsqu'on perd ses parents, on devient adulte. Mais je n'ai pas envie d'attendre ce jour, moi j'ai peur là, tout de suite, à cet instant, et j'aurais aimé entendre les pensées positives du cinquantenaire que tu es pour donner foi en mes choix.

« T'es à l'instant de ta vie
où tu peux devenir qui tu veux,
le même instant où c'est le plus dur
de savoir ce que tu veux. »

Là je viens de citer du Orelsan, si tu es soigné de tes insomnies, tu devrais avoir oublié l'air de cette chanson. T'en as une qui fait ritournelle dans ta tête en ce moment ? Au fait, tu pourrais me remercier pour la nuit blanche que je viens de passer à lire Petit pays *de Gaël Faye. Même si j'ai dit le lendemain que j'étais en retard à cause des grèves de transport ; on sait très bien, toi et moi, qu'en vérité c'était la première fois qu'on n'avait pas réussi à décrocher nos yeux de la fine encre noire imprimée sur les pages d'un livre.*

On m'a demandé, pour ce cours d'écriture, de t'adresser une lettre à toi, mon fantasme de réussite, car je vais éviter d'alourdir ce texte plombant avec du défaitisme. Si tout se passe bien, tu n'auras pas trop ce genre d'idées en tête. Même si j'ai bien conscience que c'est facile à dire pour moi et que, malgré une naissance m'ayant écarté du haut du panier, j'appartiens à la partie qui peut encore trouver du temps pour s'écrire une lettre.

Vu que celle-ci ne sera pas scellée, que des oreilles s'inviteront au monologue entre moi et toi, que des yeux étrangers et des regards inconnus parcourront les gerbes d'encre en cascades que tu t'envoies, je ne peux être sûr d'être capable de parler avec sincérité. Pour eux, je peux avouer une chose.

J'attends souvent cet instant où je deviendrais le centre, moi qui appartiens à la périphérie. Je pourrais hurler une tribune, un plaidoyer contre moi comme tu l'as écrit tant de fois dans tes carnets, faire mon modeste, mon modéré, le petit garçon humble. La vérité, c'est que je veux être là, sous les yeux de mes lecteurs, imposer dans leurs crânes une voix off qui me lit, me pense, me juge. Devenir un court instant l'intention de leurs existences.

Pour revenir à toi, Zachary, est-ce que tu t'abrutis encore devant des vidéos pour passer le mauvais quart d'heure nocturne du face-à-face solitaire ? Ces mêmes nuits où tu te haïssais, tu les as dépassées ? Est-ce que tu t'es souvenu que tu n'avais pas à chômer pour espérer réaliser ton unique rêve ? Seras-tu capable de créer chez autrui le désir qui, enfant, t'a traversé devant les dessins d'Egon Schiele au point d'en chialer ? Pourras-tu transmettre ce désir frénétique de dessiner ? C'est ça, ta renaissance cyclique, ta manière à toi de dépasser le néant.

Est-ce que demain, ton aujourd'hui à toi, tu seras véritablement serein par rapport à ça ? Pas juste en façade. J'ai beau espérer une lettre pleine de résolutions, autant te dire que je préférerais que tu fermes ta gueule. Je le vois bien chez mon père que ça ne partira pas en un claquement de doigts. On est tous l'exilé d'un royaume, certains sont des Jonas avalés par une baleine de dépression. Il faudra du temps avant qu'en sorte un homme nouveau, es-tu cet homme ?

Est-ce que tu souriras comme moi en repensant au générique de Il était une fois... l'Homme *qui te terrorisait ? Du gars accroché sur une croix au-dessus de la porte de classe, pleurant discrètement en contrôle de maths, celui que tu voulais à tout prix décrocher de son grand + ?*

Est-ce qu'avec moi tu souriras de mon enfance ? Et après, est-ce que contre moi, tu souriras de mon adolescence ? Des centaines d'euros que je me suis laissé extorquer comme un con, deux fois de suite en plus ! De la haine de ParcoursSup qui m'a fait verser des larmes d'injustice ? De ces samedis matin où j'espérais recroiser « Cuba », le premier homme à m'avoir donné son numéro et que j'ai mal écrit comme un con.

Dis-moi, est-ce que, contrairement à moi, tu arrives aujourd'hui à sourire de tout ça ?

Pour être honnête, je n'arrive pas à m'imaginer un futur car j'ai les bras chargés de présent. De particules fines, de fonte des glaces, de lutte des classes...

J'aurais plus de force pour écrire une lettre à un moi parallèle, un autre, peut-être le frère intime que je ne connaîtrais jamais. Celui que je dessine tous les soirs. Mais tu es là, face à moi, ça veut dire que j'ai fait un choix et que l'autre lettre attendra.

Ma vie, c'est devenu très vite un exercice de mémoire, tu as encore tendance à tout oublier, j'en suis sûr, les centaines de carnets qui traînent à mes pieds le soir sont là pour me le rappeler et leurs marées hautes sont terribles à avaler. Je sais d'avance que tu craindras qu'on ne se souvienne pas de toi, tu déchireras alors de haine un carnet de ton existence, tu pleureras après en voyant le néant noyer le souvenir, puis tu croiseras à nouveau en mémoire le trou béant où ta coque de bois finira. Je le sais car la vie c'est un cycle où l'on trouve chaque fois un peu plus ses mots.

Je suis là pour te rassurer, te le rappeler encore, ce sont bien ces peurs-là, ces angoisses déraisonnables qui sont le fruit chez l'humain d'un très beau sentiment. Celui qui nous pousse tôt ou tard à vouloir taguer des mammouths la nuit sur les parois de la mémoire. Cette phrase très belle, c'est Gaël Faye qui l'a chantée. Ça ne m'empêche pas de penser comme lui.

Ici, chez moi, là où tu habitais avant, on a toujours du mal à contenir les phrases longues, les grandes idées philosophiques, les envolées lyriques sur l'histoire et la politique auxquelles on ne connaît rien. C'est beaucoup plus simple de conserver dans son ventre les choses courtes comme les « Bonjour », les « Au revoir » et les « Je t'aime ».

As-tu encore du regret ? Car moi, je pense tous les jours au prix de la liberté, au sang lointain qui se cache derrière elle. Aux haines qu'on nous invente pour nous assommer. Et la peur du constat, du recensement des os qui tapissent le fond des eaux ? Aujourd'hui ça va un peu mieux. Je me mets à oublier mes idéaux, depuis que j'ai remarqué l'absence de courage. C'est ça, grandir ? C'est se rendre compte que le père Noël n'existe pas ? C'est voir un gamin avec trente-cinq cadeaux contre des milliers qui boufferont leur seule clémentine de l'année ? Et ensuite, oublier cette première baffe et vouloir esquiver les autres ?

Je suis désolé si je te fais culpabiliser, j'imagine que de se parler de soi à soi, à travers le temps, ça fait plus mal qu'un miroir ? Il y a des années qui alourdissent ta peine.

Ne va pas non plus croire que ma vie n'est que malheur. Moi, ton vrai toi, celui qui nourrit moins de fantasmes sur mon époque que toi, j'ai été heureux.

Hier encore, j'ai couru comme un dératé pour aller voir ma sœur, j'ai été fier de constater dans mes carnets la naissance lente d'un trait, d'une existence. Ce matin, j'ai croisé le soleil d'hiver dans une fenêtre et j'ai apprécié sa caresse sur mes bras. Te laisses-tu encore caresser par le soleil ? Est-ce que tu prends encore le temps de t'évader ou, plutôt, de revenir à toi ? Te laisses-tu encore traverser par ces bonheurs-là ? Ces multiples raisons de vivre ?

Elles sont courtes dans cette lettre. Mais, dans ma vie, elles grandissent, elles gonflent, elles m'emportent.

Réponds-moi quand tu auras le temps, et n'espère pas de moi que je finisse par une de ces formules hypocrites qu'on trouve à la fin des lettres.

De toi, à toi,

Pilot

LETTRE COLLECTIVE

En construction, à l'horizon,
il attire toute mon attention...
L'avenir !

Eh, Petit loup, mon Martinou !

Tu te souviens ce que disait Papa :
« L'argent et l'or peuvent être de grande valeur,
ils nous sont toujours moins chers que l'eau et l'air. »

Rappelle-toi, tu ne croyais pas que les organes existaient ; ni le mal ni la colère ; ni le paradis ni l'enfer ; ni l'ombre ni la lumière ; ni le ciel ni la terre ; ni le bleu ni le gris ni le vert...

Tu pensais que tout était vérité – aucun mensonge dans ce monde ; les guerres étaient fictions, la paix régnait à cent pour cent et il n'y avait aucun risque de répéter les mêmes erreurs du passé que nos crétins d'ancêtres dans un temps qui n'était pas mieux avant...

Et puis, tu as eu la frousse que ça recommence. Sans doute aujourd'hui encore...

Finalement, t'es-tu débarrassé de tous nos soucis ; les oiseaux de mauvais souvenirs qui cognent derrière la fenêtre ? Tu disais : « J'ai peur de l'avenir, je suis rassuré dans l'instant présent, et j'ignore le passé. » Si tu crois encore que tu es laid à mort, c'est que tu n'as pas changé !

Alors ? Peut-être es-tu vraiment devenu éleveur, oiseleur, paysagiste. Peut-être as-tu gardé ta fascination pour les félins, les bovins, les cétacés, les phasianidés... Ton plaisir à contempler les bouvreuils, les rossignols...

Je t'imagine quelque part en train de dessiner des montagnes. Bon bosseur, mais un peu rêveur. Chef d'équipe dans les espaces verts à la campagne ou aux États-Unis d'Amérique ; New York, Los Angeles, Washington, Nashville... As-tu une famille - pas celle que nous avons déjà et que nous aimons fort -, je veux dire : une compagne et deux enfants ?

Ici, j'ai toujours à faire des « choses-à-faire »... C'est le quotidien qui ne devrait pas l'être ! Voilà pourquoi j'aimerais te dire (te répéter) quelques souvenirs pour l'avenir.

On est sur le même chemin et, s'il y a encore des fous qui t'enquiquinent, ne les laisse pas envahir ta vie, profite du beau temps et de la pluie.

Amuse-toi !

Ne t'inquiète pas (il ne va rien arriver).

Continue à espérer.

Tâche de comprendre.

Prends du recul.

Saisis la mesure de tes rêves.

Apprends la confiance.

N'oublie pas l'évidence…
Allez, je te laisse (et je te rejoins !),
profite bien de ce qui te fait du bien.

Moi, ton espoir en demain

Guillaume Atzenhoffer, Martin Gonçalves,
Nicolas Kuntz, Kémal Sahin

Ils aiment les mots, les écouter, les écrire, les raconter. Ils ont accepté de se laisser surprendre par un cycle d'ateliers d'écriture et le plaisir était palpable.

CHER.E

MOI

...

Le Labo des histoires

Association loi 1901, le Labo des histoires, créée en 2011, a pour vocation de donner envie d'écrire à tous les enfants, adolescents et jeunes adultes. Née du constat qu'il n'y a pas de structure ou de lieu dédié à la découverte et la pratique de l'écriture créative en France, l'association vise à faciliter l'accès du plus grand nombre à l'écriture, et à en faire un moyen d'épanouissement personnel et d'insertion sociale. Implanté dans dix régions métropolitaines et ultramarines, le Labo des histoires organise chaque année plus de 2000 ateliers d'écriture en partenariat avec des structures des champs éducatif, culturel et social.
Le Labo des histoires développe également des ressources et des formations à l'animation d'ateliers d'écriture créative et organise des appels à textes nationaux et internationaux.

Une partie des bénéfices de la vente des livres sera reversée au Labo des histoires afin d'organiser de nouveaux ateliers d'écriture.

labo
des histoires

Le projet
CHER.E MOI...

En partenariat avec le Seuil Jeunesse, le Labo des histoires a coordonné la mise en place de soixante-dix ateliers d'écriture créative animés par les auteurs et autrices participant au projet auprès de plus de cent jeunes accueillis par des structures des champs social, médico-social, éducatif et de l'insertion professionnelle :

En Bretagne, Alex Cousseau est intervenu auprès de jeunes de l'Institut Médico-Éducatif Les Primevères de Concarneau. Les ateliers ont eu lieu à la médiathèque de Trégunc (Réseau des médiathèques de Concarneau Cornouaille Agglomération).

Dans le Grand Est, Jean-Jacques Fdida est intervenu au sein de l'Association Régionale Spécialisée d'action sociale, d'Éducation et d'Animation de Strasbourg. Les jeunes étaient accompagnés par Laura Brum, Violaine Villen, Émilie Fort, et soutenus dans leur projet de vie par l'unité spécialisée dans l'autisme du SESSAD. Jean-Jacques Fdida et Bertrand Puard sont intervenus auprès de jeunes de l'École de la deuxième chance L'Atelier de Strasbourg.

Dans les Hauts-de-France, Denis Baronnet est intervenu au Théâtre de l'Idéal de Tourcoing auprès de jeunes de l'Établissement Public de Santé Mentale Lille-Métropole. Il est également intervenu au lycée professionnel Le Corbusier de Tourcoing.

En Île-de-France, Bertrand Puard est intervenu auprès de jeunes de l'École de la deuxième chance de Paris et auprès de l'École de la deuxième chance de La Courneuve. Les ateliers ont eu lieu dans la salle d'atelier de l'antenne parisienne du Labo des histoires, située à la Maison de la Poésie.

À La Réunion, Joëlle Ecormier est intervenue au Lycée professionnel Jean-Perrin de Saint-André et au Lycée polyvalent Georges-Brassens de Sainte-Clotilde.

En Nouvelle-Aquitaine, Amélie Sarn est intervenue auprès de jeunes de l'Institut Thérapeutique, Éducatif et Pédagogique Villa Flore de Bordeaux / Terres Vives de Mios en partenariat avec l'Association ARI. Ces ateliers ont eu lieu à la Bibliothèque Grand Parc de Bordeaux et au sein de l'ITEP. Amélie Sarn a également encadré des jeunes du lycée François-Mauriac de Bordeaux.

En Provence-Alpes-Côte d'Azur, Gary Ghislain est intervenu auprès des trente-deux jeunes de la classe de seconde de Mme Isabelle Albertini au Lycée Dumont-d'Urville à Toulon.

Les lettres publiées dans l'ouvrage sont issues d'une sélection des lettres écrites dans le cadre de ces ateliers. Ont participé à ceux-ci :

Océane,
Manon,
Cécilia,
Sueyen,
Damien,
Yanis,
Ethan,
Jordan,
Kémal Sahin,
Martin Gonçalves,
Nicolas Kuntz,
Guillaume Atzenhoffer,
Laura Asaro,
Lisa Mouton,
Sahra Chérifi,
Indati Soilhihi,
Egophobie.,
Eulalie V,
Ferielillas,
Ambre.Cambier,
TÉP,
Titouan,
MD,
Thibault,
JR,
Violette,
Pilot,
C. C.,
E. D.,
Lucie,
Emma,
QC,
L. L.,
Maya P.,
Kalisse C.,
Samuel M. K.,
Felamata D.,
Mélissa L. A.,
Fenda S.,
Ruddya P.,
Abdullahi Abdi Mohamed,
Josué Yirika Prisca,
Souleymane Drame,
Seyba Kamissoko Dembele,
Louisa Bègue,
Keyliah Greze,
Steve Grondin,
Léa Maillot,
Erwan Manicon-Velin,
Romain Tayllamin,
Loana,
Chloé,
RMN,
Isaac Abdou,
Amélie Arzac,
Léa Boyer,
Chloé Brasse-Robert,
Loana Furia,
Ilona Lenclume,
Julien Marionette,
Marie-Lee Martin,
Fayam Omar Zirari,

Kelly,
Kitty,
Maeve,
Néo,
Montex,
Reyna,
Zeckbkoo,
Hélicoptère de combat,
Manon Amerio,
Medhi Baret,
Mathéa Baumas,
Alexa Boggio,
Juliette Brunet,
Marie-Aminata Dossou-Yovo,
Tessa Gigliotti,
Ndapewa Jean-Baptiste,
Tehani Kerandel,
Clara Le Canu,
Abigaëlle Le Noan-Manton,
Rayan Maghraoui Sanna,
Jade Marino,
Tess Mazoyer-Zeglil,
Luana-Krystal Morel,
Yanis Moreno,
Eva Nief,
Justine Porez,
Juliette Quemar,
Lorenza Reul,
Akira Riel,
Awa Sakho,
Tom Saude,
Julia Slimak,
Kiarah-Michelle Suf,
Mahé Teissedre,
Nathan Thibault,
Liam Torrent,
Naomy Urbino,
Garance Van Konynenburg,
Douaa Zeenouhi,
Myriam Zeenouhi.

Certains jeunes ont préféré apparaître sous un pseudonyme ou ne pas être mentionnés.

Remerciements

Les équipes du Seuil Jeunesse et du Labo des histoires tiennent à remercier chaleureusement l'ensemble des partenaires du projet : les auteurs et les autrices pour leur implication, leur disponibilité et leur enthousiasme ; les structures d'accueil des jeunes et les encadrants pour leur engagement ; les établissement et structures qui ont accueilli les ateliers et ont su créer ces espaces d'échange bienveillants.

Merci à nos partenaires financiers pour leur confiance, ils ont rendu ce projet possible : le Centre national du livre qui a cofinancé ce projet dans le cadre de la Grande cause nationale 2022, la Fondation Orange et la Fondation La Poste. Enfin, merci à vous, qui avez participé aux ateliers, de nous avoir transmis cette partie de vous, si précieuse. En espérant que vous garderez toujours le goût de la lecture et de l'écriture créative.

LE LABEL YLIGA

C'est une initiative portée par plusieurs maisons d'édition, qui souhaitent faire de ce label une marque de fabrique et de traçabilité d'ouvrages édités de façon la plus respectueuse possible de l'environnement.

On ne peut pas vous promettre le « zéro déchet » ou le « zéro pollution » mais on vous propose des ouvrages plus éco-responsables. Une nouvelle manière de lire le monde grâce à nous tous, éditeurs, auteurs, imprimeurs, distributeurs, libraires, lecteurs.

Parce que le livre doit servir la planète sans l'abîmer !

- Des livres qui traitent d'environnement, de bien-être, de « bien-manger », de conscience écologique, sociale et politique, des livres pour les adultes et pour les enfants, des livres qui donnent du sens en plaçant notre planète au cœur de notre quotidien, de notre réflexion.
- **Moins de papier :** des formats d'ouvrage choisis pour leur très faible gâche de matière.
- **Un papier certifié** aux normes environnementales FSC et PEFC (des écolabels garantissant une gestion durable des forêts).
- **Moins de produits chimiques :** utilisation d'encres végétales, absence de vernis et de pelliculage issu de la pétrochimie.
- **Pas de couverture cartonnée ni de film plastique** protégeant les ouvrages.
- **Impression simultanée** des couvertures d'ouvrages de même format.
- **Impression à moins de 1000 km** de nos entrepôts. Pas d'impression en Asie, pas de transport aérien.
- **Des process repensés :** suppression des tirages papier pour contrôler les étapes de fabrication avec le photograveur et l'imprimeur, facturation 100 % numérique, diminution des services de presse papier, une communication essentiellement numérique.

* Yliga, pourquoi ce nom ? C'est le nom, en langue moré, d'un arbre aux vertus médicinales qui vit entre le Sahara et l'Afrique tropicale et qui, comme d'autres essences, a su s'épanouir dans des conditions environnementales difficiles. Il est, pour nous, un symbole de l'adaptation nécessaire et possible, de même qu'un exemple d'exploitation vertueuse des ressources naturelles.

YLIGA - ÉCO-RESPONSABLE -

Pour la citation en exergue :
Annie Ernaux, *Mémoire de fille*

IMPRIMÉ PAR
NORMANDIE ROTO IMPRESSION S.A.S À LONRAI
DÉPÔT LÉGAL : NOVEMBRE 2022
N° 151153 (2205252)
IMPRIMÉ EN FRANCE